# *O sacrifício*

Franklin Távora

Copyright © 2013 da edição: Editora DCL – Difusão Cultural do Livro

Equipe DCL – Difusão Cultural do Livro

DIRETOR EDITORIAL: Raul Maia

Equipe Eureka Soluções Pedagógicas
REVISÃO DE TEXTOS: Joana Carda Soluções Editoriais

Texto em conformidade com as novas regras ortográficas do Acordo da Língua Portuguesa

```
Dados  Internacionais  de  Catalogação  na  Publicação   (CIP)
       (Câmara  Brasileira  do  Livro,  SP,  Brasil)

       Távora, Franklin, 1842-1888.
         O sacrifício / Franklin Távora. -- 1. ed. --
       São Paulo : DCL, 2013. -- (Clássicos
       literários)

         ISBN 978-85-368-1681-4

         1. Romance brasileiro I. Título. II. Série.




13-03822                                          CDD-869.93
```

Índices para catálogo sistemático:
1. Romances : Literatura brasileira   869.93

*Impresso na Índia*

Editora DCL – Difusão Cultural do Livro
(11) 3932-5222
www.editoradcl.com.br

# Sumário

| | |
|---|---|
| I | 5 |
| II | 8 |
| III | 11 |
| IV | 15 |
| V | 20 |
| VI | 27 |
| VII | 31 |
| VIII | 37 |
| IX | 43 |
| X | 49 |
| XI | 56 |
| XII | 63 |
| XIII | 69 |
| XIV | 77 |
| XV | 81 |
| XVI | 86 |
| XVII | 94 |
| XVIII | 100 |
| XIX | 107 |
| Conclusão | 112 |

# I

*T*odas as vezes que passo pela estrada de João de Barros, no Recife, acode-me à memória o vale de Santarém, onde Garret deu vida e movimento à "Menina dos Rouxinóis", que "refletiam o viço do prado, a frescura e animação do bosque, a flutuação e a transparência do mar." Em lugar do álamo, do freixo e da faia, que "entrelaçavam os ramos amigos"; em lugar da "congossa e dos brotos que vestem e alcatifam o chão", no vale descrito pelo poeta, as mangueiras formam na estrada com suas abóbadas de folhagens sombras amenas e deleitosas; as cajazeiras, cujos troncos se cobrem de naturais relevos, erguem aos céus galhos finos, guarnecidos de folhas miúdas, que se assemelham às verdes franjas dos templos; o jatobá solitário abre os galhos, como abriria os braços um gigante para lutar. Há na estrada, como no vale, a madressilva, malva-rosa do valado. Há moitas de cinamomos, touças de manjericões e alecrins, que matizam o vasto chão. Há os formosíssimos risos do prado, que penduram dos portões ou dos muros dos sítios ao longo das ramadas com flores, escarlates pela manhã, arroxeadas de tarde, aveludadas sempre e a modo de resplandecente, como se a mão de artista insigne as houvesse polido e esmaltado com os reflexos da aurora e as cores do sol poente.

Não deitam por ali rouxinóis desgarr adas toadas em regular desafio; os xexéus e os sabiás, porém, com seus cantos trazem a solidão em permanente festa; o cajueiral tem harmonias, o laranjal intermitentes rumores saudosos; a paisagem, horizontes verdes e ondulantes.

Para mais realçar a suavidade do quadro, em vez da casa antiga, onde cantavam os tais pássaros, vê-se no fim da estrada a graciosa capela de Nossa Senhora da Conceição, que é o principal ornamento daquele primoroso Éden. Através das janelas da sagrada habitação, vozes inspiradas de elegantes e inocentes virgens vão ressoar no vasto arvoredo por ocasião das novenas, que os devotos e vizinhos da Santa celebram em dezembro, época em que a estrada aumenta de delícias, porque os cajueiros e as jaqueiras embalsamam com seus aromas o ambiente, e é tudo ali alegria, florido, e tudo fala de paixões moderadas, sem desejos desonestos.

Mas não é somente nos mimos da Natureza que a estrada pitoresca rivaliza com o ameno vale. Também ali se gerou um drama terníssimo, também nela se passou uma história de gentil suavidade e triste harmonia, que convém se ponha por escritura nas letras do nosso idioma.

Num dos mais aprazíveis sítios, que a espaços ornam de um e de outro lado a estrada, morava, há coisa de seis anos, uma senhora, viúva, idosa, sem filhos mas com alguns meios que lhe davam para viver, tendo em sua companhia uma irmã solteirona e duas ou três crias da casa. No tempo em que se passa esta verídica história, ao número dos que em casa de D. Rosalina viviam à conta de filhos era preciso ajuntar um moço de vinte e dois anos de idade, seu sobrinho, por nome de Ângelo.

Depois de graduado em Direito, deixando todo o curso escolar, transportara-se para uma povoação da beira-mar, ao sul da província. Morava aí o seu pai pobre e cansado de fazer sacrifícios para ajudar na aquisição do pergaminho, seu encantado sonho. Ângelo tinha talento e na Faculdade pudera ganhar nomeada de estudioso e morigerado. Ainda me lembram as circunstâncias em que o vi pela primeira vez. Foi por ocasião de prestarmos os nossos primeiros exames. Ângelo acertou de se sentar junto de mim. Era louro. Tinha os olhos tão verdes como a muiraquitã das amazonas. A jaqueta de pano azul, já um tanto usada, as calças de brim pardo com algumas escoriações na altura dos joelhos, os sapatões, e, por cima do trajo humilde, o gesto triste, posto que resignado, ao lado do porte grave, mas parecendo preso, estavam indicando que no jovem estudante havia menos um filho, do que um enteado da fortuna.

O pai de Ângelo chamara-o para junto de si, animado das mais risonhas esperanças, que não deixavam de ter legítimo fundamento. Sendo a povoação, que ficava perto da sede da comarca, cercada de engenhos e tendo os proprietários rurais quase particular paixão pelos litígios sobre terras, os quais, para assim escrevermos, constituem o principal foro matuto, não andará longe de acertar com o caminho da fortuna o pai do jovem bacharel, conjeturando que muito faria este aí pela advocacia. Mas todos os brilhantes cálculos falharam. Quando estamos em luta com o infortúnio, os semblantes risonhos são máscaras traiçoeiras, que encobrem hórridos carões; a sorte, algumas vezes, parece sorrir para nós; mas o que se nos afigura sorriso lisonjeiro, não é senão o riso escarninho.

Inteiramente desiludido, o bacharel voltara ao Recife, resoluto a tentar o que na povoação não surtira efeito - a advocacia, já sumamente explorada.

A casa da tia tinha para ele as portas abertas como tinha ela o coração, e à mesa estava ainda vazio o lugar que ocupara o estudante.

Com o pé direito, entrou Ângelo novamente no Recife, porque dentro de pouco tempo teve clientes, e entreviu no futuro castelos esplêndidos. Nos primeiros meses, depois de sua chegada, ganhou uma causa importante, de cuja defesa o incumbira a generosidade de um colega. Ângelo, mostrando as notas do Banco, que recebera em pagamento, dizia à D. Rosalina estas palavras:

— Matei o dragão, minha tia! Vou agora tomar conta do pomar das Hespérides.

Tal era Ângelo no começo desta história.

Morava também na estrada, para lá da Conceiçãozinha (nome com que designam a capela os habitantes dos arredores), um moço que fora colega de Ângelo nos preparatórios. Circunstâncias particulares tinham apartado Martins da carreira das letras. Casara-se, indo morar naquele canto, onde uma pequena indústria, que exercia, lhe dera meios para viver com sua mulher e filhos. Mas, como os hábitos que se casam com as vocações naturais dificilmente se perdem, Martins, com ser agora pai de família e homem de negócios, não esquecia as musas, que quando estudante cultivara com frequência e fervor. Não podendo tratar de letras e versos todos os dias, instituíra, para trazer sempre alentado o fogo do antigo culto, uma espécie de retiro literário aos domingos em sua casa. Os suaves momentos que se passavam na aprazível estrada; as distintas prendas que, com o engenho poético, Martins tivera em dote de natureza e a educação aumentara e polira; as graças, as virtudes, o gênio essencialmente serviçal e hospitaleiro de D. Eugênia, sua mulher; a convivência íntima, nas condições de respeitosa, mas franca e fraternal cordialidade, que constituíam a base principal do retiro literário dava a esta diversão semanal tão particulares atrativos que dos escolhidos para tomarem parte nele, raros eram os que se poderiam acusar de inobservantes do primeiro preceito da comunhão - a pontualidade.

Sem as donzelas das vizinhanças, elegantes criaturas que são os gênios protetores daquele encantado ermo, que sorte teria o retiro literário, com ser atrativo por outras muitas circunstâncias? A mesma que entre nós tem dado sepultura a inumeráveis associações depois e alguns meses de fundadas. Aquela inspiração, porém, preveniu a ruína da companhia. Não era esta numerosa, mas distinta. Durante a reunião, serviam-se frutas da estação, que abundavam no sítio; raras vezes se davam a beber bebidas espirituosas. Depois das discussões, sempre em família, ou das leituras, ou das frutas, tocava-se piano; algumas vezes, cantava-se. Quase sempre o ajuntamento acabava em passeios que se prolongavam até as estradas de João Fernandes, Vieira e de Belém, as quais em seus mimos naturais se aproximavam da de João de Barros.

## II

Um domingo em que a estrada como se adivinhasse a importância especial do dia amanhecera arreada com suas mais belas e frescas louçanias, recebeu Ângelo, ainda na cama, um bilhete de Martins.

Eis o que escrevera este:

"Não há hoje retiro, mas peço-te que não faltes por cosa nenhuma. Temos mangabas excelentes, mangas insignes, e para o jantar feijoada sem rival. Melhor será que venhas passar o dia conosco, principiando pelo almoço. Não quero ocultar-te uma circunstância que talvez ignores. Eugênia faz anos."

A casa de Martins nunca oferecera aos que costumavam frequentá-la tão grata hospitalidade.

Nesse dia, a casa oferecia ainda melhores aconchegos e comodidades do que nos outros, sem contudo ostentar custosas galas. Havia profusão de flores e frutos pelas mesas. O piano surgia dentre moitas de alecrim, habilmente formadas e entrelaçadas com ramos de pitangueira e resedá. Grinaldas de madressilva, em que se entremeavam rosas, pendiam das janelas e das portas. Um salgueiro que ficava na entrada da casa, e junto do qual era costume reunir-se ao anoitecer, nos dias de reunião, a alegre companhia, este mostrava-se enastrado, em todo o diâmetro da copa, de saudades, malmequeres e malva-rosa. Tudo isto era obra das mãos de Martins, para ser agradável à sua mulher, providência daquele remediado e feliz lar.

Mas não era nos arranjos quase gratuitos da mesa que primava, no feliz aniversário de D. Eugênia, a encantadora vivenda da estrada; a sua primazia estava na sociedade que, sem ser numerosa, brilhava aí, mais do que nunca, pelo talento, pelas graças e pela suave elegância, compatível com o campo.

Entre as gentis senhoras que eram presentes, quando Ângelo entrou na sala, apontavam-se D. Maurícia e sua filha D. Virgínia, as quais tinham chegado de Caxangá. D. Maurícia era irmã mais moça de D. Eugênia, e tão querida desta que, divertimento em que a caçula não entrasse, não tinha sabor para a primogênita, por mais alto que estivesse ele na ordem de tais manjares. Procedendo deste modo, D. Eugênia não era senão justa, porque na irmã se encontraram reunidos superiores dotes cuja descrição, pelo menor, demandaria largas páginas.

De há muito desejava Ângelo conhecer de perto este portento, que ele de longe admirava. Todavia nunca o seu desejo pudera ser satisfeito, pelas circunstâncias da vida de D. Maurícia, das quais informaremos o leitor, pelo maior, oportunamente.

# O sacrifício

Martins apressou-se a apresentar o amigo à cunhada.

— Ninguém me disse quem era V. Exa., mas eu quase dispensava que me dissessem; porque, por uma como intuição, V. Exa. se me revelou ao espírito logo que entrei.

Esta amabilidade de Ângelo foi recebida com rápido sorriso por Maurícia, e não despertou nas outras senhoras ressentimento, porque fora dito a meia voz.

Maurícia retorquiu:

— Não há que admirar. Posto seja esta a primeira vez que nos vemos, há muito que o senhor é meu conhecido. Martins e Eugênia concorreram para que, antes de lhe falar, já eu lhe rendesse a estima que se deve ao mérito distinto. Deram-me a ler trabalhos seus, que eu não conhecia ainda, e falaram-me sobre suas qualidades com tamanho alvoroço, que chegou para que eu compartisse dele sem os dois sentirem diminuição na sua parte. Eu não tenho competência para ajuizar de produções tão elevadas como o poema marítimo, que o senhor compôs, tendo diante dos olhos o Atlântico revolto e o céu em fogo; mas, a julgar pela impressão que a leitura me deixou, há no senhor um engenho poético de primeira grandeza.

Esta linguagem não se podia estranhar em Maurícia, cujo espírito fora enriquecido pelas joias do estudo e da melhor educação literária. Seus pais, de costumes severos e de irrepreensível moralidade. Tais costumes e moralidade não haviam desaparecido com eles da família, antes se viam reproduzidos nas duas irmãs; e se a Eugênia parecia ter cabido, em partilha, o maior quinhão desta honrada e preciosa herança. era porque, casando-se muito moça, sua vida tomara direção diferente da de Maurícia, segundo havemos de ver. Esta era mais hábil, incomparavelmente mais ilustrada, sem ser menos digna do que a irmã. O centro social, porém, onde se haviam polido os dotes do seu espírito, comunicara-lhe parte de suas propriedades como o vaso novo transmite o perfume de que é formado à água límpida que contém por algumas horas. Maurícia era, por isso, sonhadora, às vezes, arrebatada e irrefletida. Aceitava mais do coração do que do espírito a direção para as suas ações. Uma vezes, perdia; outras, ganhava por sua franqueza. Mas a honestidade, que deve ser a base do caráter da mulher, que não é a cortesã sedutora, ou a barregã desprezível, Maurícia guardava-a intacta, inatacável no fundo de sua alma, como o primeiro dos seus afetos.

As palavras de Maurícia, por inesperadas e quase violentas, deixaram o bacharel um momento silencioso e, para assim dizer, estático. Mas esta impressão cedeu logo o lugar ao espírito, que resgataria a perdida energia.

Ângelo acudiu, então, em resposta:

— Minha senhora, este juízo, sobremodo benévolo, fornece-me antes a medida do seu coração do que a do meu engenho poético.

Nessa ocasião, Virgínia aproximou-se dos dois.

— Apresento-lhe minha filha - disse Maurícia ao bacharel. Não é feia e já é uma moça casadoira. Não cores, Virgínia! O Sr. Dr. Ângelo não te quer para noiva. Demais já estás comprometida com Paulo.

9

— Como! - disse Ângelo. Repete-se agora aqui o inocente idílio da ilha da França?

Maurícia voltou-se para Ângelo:

— É singular o que lhe vou referir - disse.

— Mamãe! - advertiu Virgínia, mostrando as cores do pejo nas faces.

— Não sabia que o noivo de Virgínia se chamava Paulo? O acaso tem caprichos como se pertencesse ao sexo feminino. Mas a verdade é que estes novos namorados não desdizem os outros. O senhor não imagina quanto eles se amam, nem em que consistem as demonstrações dos seus afetos.

— Mamãe, se a senhora continuar a falar, eu vou-me embora.

E Virgínia voltou ao seu lugar.

— Dão para um poema - prosseguiu Maurícia - os inocentes amores destas crianças. São duas crianças como nunca vi outras tão ingênuas e tolinhas. Havemos de conversar sobre este assunto, porque preciso aconselhar-me com um advogado. O senhor está definitivamente morando em Recife?

— Sim, minha senhora; trato até de ir buscar minha família.

— Desejo que me dê parte de sua chegada.

— Meu pai tem muito bom coração e minha mãe é uma excelente amiga. Terei o maior prazer em aproximá-los de V. Exa.

— Havemos de estreitar as nossas relações, Dr. Ângelo. Os nossos sentimentos parecem irmãos.

— Há simpatias irresistíveis, quase fatais.

— É certo; há. Eu posso dar testemunho disto.

— Quando Martins e D. Eugênia, prosseguiu o advogado, desafogando em meu peito a sua mágoa, me contaram pela rama os padecimentos de V. Exa., senti, não piedade, minha senhora, porque está muito acima deste sentimento, mas uma como ternura, uma como suavidade afetiva, que me deixou no coração menos a comoção do pesar, que a da partilha na mesma dor.

— Agradecida. E todavia eles não lhe contaram um quarto dos meus padecimentos - redarguiu Maurícia.

E ficou por um instante pensativa.

O contentamento, porém, reinava em todos tão largamente em casa de Martins que, se a garra adunca de uma recordação penosa imprudentemente arranhara o coração de Maurícia, depressa a aura saudável que enchia aquele risonho mundo reparou o estrago com o bálsamo que trazia do ar ambiente.

Chegara a hora do almoço.

Ângelo deu o braço a Maurícia e encaminhou-se com ela para a sala interior. Aí já estavam D. Sofia com sua filha Sinházinha, e D. Rosa com sua sobrinha Iaiá, que moravam nos primeiros sítios, à direita do de Martins.

Chegaram depois Artur e Meireles, estudantes da Faculdade e tomaram assento entre Salustiano, empregado público, e Azevedo, rapaz rico,

que chegara de Lisboa seis meses atrás, e devia seguir para a Bahia, a fim de matricular-se na Faculdade de Medicina.
Ângelo sentou-se defronte de Maurícia.
Seus olhares trocavam-se magneticamente, e sem inteligência, se entendiam. Mas por que se entendiam eles? Ângelo e Maurícia não eram amigos. Viam-se pela primeira vez. Maurícia não tinha o direito de amar a nenhum homem, porque era escrava de um dobrado dever de esposa e mãe. Entremos no exame do dever.

## III

*M*aurícia fora educada em Paris, onde os talentos com que a natureza a brindara se revelaram logo nos primeiros exercícios escolares com tanto brilho e pujança que dentro de pouco tempo ela foi objeto de espanto para os mestres, e de inveja para as condiscípulas. A diretora do colégio, por dar talvez às pessoas que a visitavam ideia aproximada do merecimento da menina, designava-a com este apelido – Petit Brésil.
— "Voulex – vous voir mon petit Brésil? – perguntava ela aos visitantes. Elle est lê premier talent de mon college. Elle fait mon orgueil. C'est un prodige. Elle est en soi méme toute la fulguration et toute le vie de la nature intertropicale"
Não estava ainda moça, quando já lhe saíam casamentos vantajosos; um chegara a ser brilhante. Maurícia recusou todos a pé juntos. Quando a consultavam em assuntos de casamento costumava dizer em resposta:
— Quero levar para o Brasil o meu coração inteiro ainda. Meus pais têm o direito de o possuir exclusivamente por algum tempo, depois da minha volta a seus braços.
Se insistiam em resolvê-la a aceitar o partido que se lhe apresentava, dizia Maurícia graciosamente:
— Esta é boa. Dizem que os brasileiros são selvagens, e querem ter uma brasileira não para mandarem para o Jardim das Flores, mas para ficarem com ela no seio de uma família. Pois estão livres disso. A selvagem há de tornar às suas florestas, a fim de viver como dantes, com as cobras e as maracajás...
Maurícia dizia isto por pirraça, não por ódio ou rancor aos franceses, aos quais votava grande afeto. Em seu conceito, o povo francês era o primeiro da Europa, e seria o primeiro do mundo, se não houvera o americano, para o qual ela possuía a mais estranhável admiração. Seu espírito

11

era livre, quase republicano. Quando alguma vez a conversação caía sobre política, objeto que parecia merecer-lhe a mais viva simpatia, não deixava sem algumas rajadas Napoleão III, então no zênite do seu poder. Maurícia concluía sempre com estas palavras:
— Este tirano, este inimigo das liberdades francesas, não há de acabar no trono da França.

Palavras proféticas, que eram então as de quase todo mundo e tiveram a mais estrondosa confirmação.

Quando chegou ao Brasil, poder-se-ia comparar com o diamante por nome de Regente, que brilha na coroa da França ou a Estrela do Sul, de que é dono o joalheiro Halphen; não tinha preço; seus dotes constituíram um tesouro inestimável.

Suas formas eram corretas e esplêndidas. Os cabelos pretos faziam realçar a alvura da pele fresca e radiante. O olhar e o sorriso, que traziam todos os feitiços da graça, tinham suavidade e paixão, meiguice e fogo.

Mas o encanto mágico dessa fúlgida criatura estava na voz branda, harmoniosa, incomparável. Tinha havido capricho na educação desta prenda natural da menina. Quem a ouvia uma vez, desejava passar o restante da vida junto dela para a ouvir sempre.

Um dia, a sorte virou, e tornou-se madrasta daquela para quem tivera todos os afetos e liberalidades matinais.

Os pais de Maurícia empobreceram da noite para o dia, e faleceram dentro de breve tempo. Com esses dois desastres irreparáveis, um dos quais sucedeu pouco depois do outro, chegaram para Maurícia os dias nefastos. Leis fatais decidiram do seu destino cruamente. O jardim da sua existência mudou-se em região desolada. Enfim – encurtemos esta história – o brilhante inapreciável foi parar no poder de um senhor grosseiro e mau; e porque o espírito que teve a sua liberdade raras vezes se deixa tiranizar, a não ser por um processo lento e artificioso que estava acima da capacidade do marido de Maurícia, fugiu esta do Pará, onde morava, para o Recife, trazendo consigo a pequena Virgínia. Depois de muitos incidentes inteiramente estranhos ao nosso caso, aceitou ela o partido, que lhe fizera um senhor de engenho de Caxangá, para que ensinasse francês e música às suas filhas.

Tornemos a casa de Martins.

O almoço passou sem coisa de maior. Recitativos, então muito em uso, um pouco de canto, um pouco de piano, alguns trocadilhos de Azevedo, insigne neste gênero, e até charadas em que ninguém levava a melhor a Martins, encheram as horas que medearam entre a primeira e a segunda refeição.

As quatro da tarde, Martins convidou os hóspedes a uma digressão pelo sítio.

Pouco adiante da casa, começava um galeria de mangueiras seculares, cujas folhagens, por densas de si mesmas, e por emaranhadas de cipós, não deixavam passar um raio de sol. Era debaixo da abóbada formada por essa vasta coberta de verdura, que estava a mesa. Na extremidade anterior da galeria, ajeitando os galhos, as folhas, os cipós, tinha feito Martins uma como gruta natural de aprazível aspecto. Estavam ali o cozido, os assados e as demais comidas. Na extremidade posterior, via-se outra gruta mais perfeita e de maior âmbito. Aí a Natureza procedera a fantasia. A última mangueira, porventura a primeira em idade e proporções gigantescas, tinha no tronco uma abertura, que vinha do chão até a altura de um homem. Três pessoas emparelhadas caberiam no bojo, que do lado da mesa era inteiramente aberto. Ali dentro, sobre pedras que imitavam as saliências de uma rocha subterrânea, viam-se vinhos, frutas e doces graciosamente dispostos.

— À proverbial hospedagem e ao fino gosto de Martins devemos este jantar bucólico, digno de ser decantado pela musa de Mantuano – disse Artur, tanto que seus olhos deram com aquela risonha maravilha.

— Isto está soberbo – esplêndido! – acrescentou Salustiano.

— Esplêndido, não – observou Azevedo. Nem um raiozinho de sol penetra aqui.

— Digo esplêndido no sentido moral – retorquiu Salustiano.

— No sentido moral! – exclamou Azevedo. Tudo isto é muito belo, mas pertence à matéria.

— Não te aborreça, senhor. O que eu quero dizer – e todos os homens de talento por certo me entenderão – é que o Martins confirmou com esta obra...

— Que obra? – inquiriu Artur.

— Cobra! Pois aqui há cobra? – perguntou Azevedo.

— Deixem que eu acabe – tornou Salustiano. Quero dizer que Martins é o primeiro poeta desta estrada.

— Ainda as senhoras não viram a melhor – ajuntou Eugênia, a quem muito apraza o caminho que levava a festa dos seus anos.

— Mostre-nos o melhor, o melhor, D. Eugênia – disse o futuro estudante de Medicina.

— O melhor está nas duas grutas – disse ingenuamente D. Rosa.

— Nas duas grutas! – repetiu Azevedo. Sim, nas grutas é que costuma haver o melhor.

— Aproximem-se – prosseguiu D. Rosa – venha ver, D. Maurícia chegue para cá, Sr. Dr. Ângelo. Que linda coisa, não é?

E a anciã indicava o trabalho de Martins.

— É verdade. Tem mãos este Martins – disse Salustiano.

— E pés, também – acrescentou Azevedo.

— Uma destas grutas – disse Martins – é mitológica, a outra, pode-se dizer, cristã ou antes católica.

— A gruta de Calipso está insigne – observou Ângelo.

— E a dos vinhos, não? – perguntou Sinhazinha.

— Pudera, não! – respondeu Azevedo.

— A gruta de Calipso! – exclamou Artur, aproximando-se. Grande Martins! Eu logo vi que, andando pela Ilha de Chipre, não havias de perder o modelo das morada da deusa. Em que tempo andaste por lá?
— Mas, qual é a outra? – indagou Maurícia com ares de curiosa.
— É a do padre Aubry – respondeu Martins. É a gruta que vem apontada em Átala.
— Muito bem, muito bem – tornou Maurícia. Dou-te os parabéns, Eugênia, pela festa original que o teu natalício inspirou a teu marido.
— E dizem que os poetas não servem para maridos – observou Artur.
— Qual será dentre as senhoras presentes que deverá ocupar esta cabeceira de mesa? – perguntou Azevedo.
— É a Maurícia – disse Eugênia.
— Eu?
— Ótima escolha.
— Muito bem. Não podia ser melhor.
— Mas quem há de ser o Telêmaco? – observou Salustiano.
— Olham como se inculca o freguês – disse Azevedo a meai voz, que todos ouviram.
— O Telêmaco há de ser...
— Pois isto ainda é objeto de dúvida? O Telêmaco é Ângelo - disse Artur, revelando curto despeito.
— E quem será Átala?
Eugênia acudiu logo:
— É Sinhazinha.
— Eu, não – disse esta. Átala deve ser Virgínia.
— Eu já sou Virgínia – retorquiu esta com toda a graça.
— Bravo! – clamou Salustiano.
— Pois a Senhora não quer ser Átala? – perguntou Azevedo a Sinhazinha. Teve tão boa vida!...
— E até uma boa morte.
— E você mesma há de ser, Sinhazinha – disse Eugênia.
— Não quero.
— Perdão, minha senhoras. Átala não era feia, nem velha para que alguma de V.Exas. se julgue desdouro em representá-la.
— Mas morreu sem casar – observou Azevedo.
— E acabemos logo com isto que a sopa está esfriando.
— Se me concedem autoridade para cortar a contenda, isto acaba já.
— Tem toda a autoridade para isso D. Maurícia – disseram os homens.
— Vá sentar-se defronte de mim, Sinhazinha.
— Muito bem,
Quando Sinhazinha se encaminhou para a outra cabeceira da mesa, ouviu-se a voz de Salustiano:

— Mas o Chactas, o Chactas é que quero saber quem será.
— O Chactas não aparece. Está no mato – disse Azevedo. Sentemo-nos, e vamos à sopa antes que ela chegue, que era capaz de engolir mangueiras e tudo.
— E nós o que ficamos sendo? – perguntou ingenuamente D. Rosa, que a todo transe queria o seu papel na representação.
— As senhoras ficam sendo as ninfas da gruta – disse Azevedo rindo-se.
E nesse riso foi acompanhado por quase todos os que estavam presentes. D. Rosa suspeitando de segunda intenção no que dissera Azevedo, contrariou o gracejo como se tratasse de ir para o inferno.
— Credo! Antes uma boa morte.
— E nós, nós homens? – perguntou Salustiano.
— Vocês são os selvagens, os Moscogulgas – acudiu incontinente Azevedo.
A hilaridade foi geral.

# IV

*A*s grutas, as ninfas, os selvagens, a deusa fabulosa, a jovem cristã, foram temas durante todo o jantar a mil gracejos, que não concorreram pouco para aumentar a animação da festa natalícia, belíssima pintura a que a Natureza, ajudada de um pouco de fantasia, servia de quadro encantador.

Quando finalizou o jantar, Martins propôs o passeios de costume pelo sítio, mas pediu que o dispensassem dele, por ter de ir à Encruzilhada a falar com dois músicos. A festa não podia acabar senão em dança.
— É quase sol posto, mas antes de anoitecer, estarei de volta.

A companhia dividiu-se, sendo Ângelo, Maurícia, Eugênia, D. Rosa e D. Sofia os que menos apressados se mostravam em deixar a entrada da galeria, onde haviam ficado, enquanto as outras senhoras e rapazes se dirigiam para a estrada.
— Onde é que fica a cajazeira – perguntou Ângelo – em que o ano passado Martins entalhou a canivete, em honra de seu aniversário, um verso de Virgílio, D. Eugênia?
— Daquele lado, já ao chegar ao Beco das Almas. É a última árvore do sítio, e está encostada à cerca, Virgínia sabe onde é.

Maurícia chamou, então, pela filha, que ia com Sinhazinha nas pisadas dos outros em direitura para a estrada.
— Ora, mamãe – disse Virgínia – Sinhazinha está ali esperando por mim para irmos à Conceiçãozinha, onde há, aqui a pouco, um casamento.

— Pois vá, minha filha. Iremos com Eugênia.
— Vá nesta direção e tome depois para a direita, que há de dar com a cajazeira – disse a menina. — Olhe: de lá se vê a capelinha. Nós podemos ver-nos dos nossos lugares; e se mamãe não me vir é que fomos à casa de D. Teodora saber se Terezinha já chegou de Boa Viagem.

A menina foi juntar-se à amiga, enquanto Maurícia voltava-se para convidar Eugênia a servir-lhe de companhia. Mas já não a encontrou; tinha desaparecido pelo outro lado da galeria com as duas senhoras a quem fora mostrar uma leira onde o coentro pululava cheio de viço, não obstante ser seca a estação.

— Deixaram-nos a sós – disse Maurícia – mas não importa. Podemos ir, que havemos de acertar com a árvore.

— Não deve ser muito distante – disse Ângelo.

— Mas o sítio é tão largo que daqui não vemos a cerca.

— Pelas pontas das árvores, podemos orientar-nos.

Ângelo assim falando e andando, pôs-se a procurar com a vista os ramos superiores da cajazeira, mas foi-lhe impossível o que um momento antes lhe parecera fácil. Cajueiros ramalhudos, mangueiras copadas interpunham-se entre eles e a árvore desejada.

Seguiram, entretanto, na direção que a menina indicara.

— Como eu invejo a felicidade de Martins, D. Maurícia – disse Ângelo.

— E eu a de Eugênia – acrescentou Maurícia.

— É verdade. Vivem exclusivamente um para o outro. Parece que nos laços que os estreitam nunca se deu o menor estremecimento.

— Para ser agradável à mulher, Martins anda sempre inventando festas em que sua fantasia tem grande e feliz intervenção, como acaba de ver.

— Quando o casamento traz este resultado, não há dúvida de que é uma delícia. Se eu encontrasse uma mulher, que por suas grandes qualidades tão valiosa prova oferecesse em favor do casamento, decididamente casava-me por que já me vai parecendo triste demais a solidão que reina em minha alma desde os primeiros anos da juventude.

— Na sua idade, é realmente para admitir que o coração ainda esteja sem o ídolo de que precisa para ser o verdadeiro templo da vida.

— Pois é verdade. Tenho ainda inteiro e virgem o meu amor; e conjeturo que será fácil àquela que se tornar digna dele exercer sobre mim a maior das tiranias; porque o meu amor tem em si todos os meus afetos, toda a minha alma.

Compreendendo os perigos desta conversação, Maurícia, que ia sentindo pelo bacharel afeição que a assustava, disse-lhe como para dissuadi-lo de prosseguir o caminho que haviam encetado.

— Parece que já não chegaremos com luz do dia à cajazeira. Está escurecendo rapidamente.

— Pois então voltemos, D. Maurícia – respondeu Ângelo.

— A estrada está perto, não?

— Está aqui, a nossa direita, obra de cem passos. Parece-nos estar mais longe, pelas sombras das árvores, que não nos deixam ver com exatidão a distância.
— Vamos à Conceiçãozinha. Talvez já encontremos os noivos.
— Podemos atalhar o caminho por estes cajueiros. A cerca ali adiante está quebrada, e oferece fácil saída.

Ângelo não se enganara. Em poucos minutos, chegaram ao boqueirão. Na largura de uma braça, a cerca estava de fato aberta; mas a vara inferior, na altura dos joelhos de um homem, mostrava-se ainda suspensa pelos cipós que a traziam presa às estacas. Ângelo, apoiando-se sobre a vara, atravessou da outra banda, e daí ofereceu a mão à Maurícia para a ajudar a transpor a cerca. Mal tinha ela posto o pé na travessa, quando deu um grito, que não parecia arrancado somente pelo susto, mas também pelo terror; e, em vez de passar para o outro lado, recuou amedrontada e meteu-se por trás do tronco de um cajueiro próximo, como quem queria ocultar-se.

Ângelo, assustado, acudiu logo:
— Meu Deus? Que é que tem, D. Maurícia?
Esta respondeu, como quem cobrava os espíritos que um momento a tinham desamparado:
— Desculpe-me, Sr. Dr. Ângelo, Não tenho nada, não foi nada.
— Mas por que deu este grito?

Ângelo já estava ao pé de Maurícia, e ambos quase ocultos pela folhagem do cajueiro.
— Eu poderia dizer-lhe que tinha sentido uma cobra passar por cima dos meus pés, e tudo estaria explicado; mas não seria esta a verdade.
— Diga então o que foi.

Ângelo estava profundamente impressionado. Tinha ainda na sua a mão de Maurícia, e lhe sentia o frio e o tremor, consequências da violenta impressão.
— Estou deveras assustada, Sr. Dr. Ângelo. Veja como me bate o coração. Não vi uma cobra, vi um demônio.

Assim falando, ela levou a mão do bacharel ao seu peito e a apertou contra ele. Ângelo, através da onda de cambraia e rendas, sentiu as pulsações violentas desse coração que ele desejara pulasse, não de susto, mas de amor por ele.
— Mas o que foi que lhe ocasionou tamanho susto?
— Quando o senhor me estendia a mão para me ajudar a sair, não sentiu passar pela estrada um homem?
— Sim, sim; ele ainda ali vai.
— Nunca em vi em homem algum tamanha semelhança com meu marido.
— Com seu marido! exclamou o bacharel sentindo fel nos lábios. Meu Deus! Tal não diga, por quem é. Seria a maior das desgraças.
— Para mim não há dúvida que seria isso o maior dos infortúnios.
— E para mim também - acrescentou o bacharel; por que... Oh, eu não devia dize-lo, mas não está em mim prender no coração, como se prende

uma cobra dentro de um frasco, o sentimento que a senhora veio despertar nesta morada de solidão e trevas.
— Saiamos já, Sr. Dr. Ângelo, disse Maurícia, como quem não tinha ouvido aquela perigosa revelação. E voltemos antes para casa; já não quero ir com as meninas da capela.

Do lado de fora, a estrada estava deserta como dentro do sítio.
— Havia de ser ilusão sua, minha senhora, disse Ângelo, oferecendo o braço a Maurícia. O homem que passou parece-me ser um que mora aqui adiante.
— Talvez; mas, então, é a cópia fiel do Bezerra. Depois de três anos de liberdade e tranquilidade, ser-me-ia por extremo penoso pensar, ainda que fosse por um momento, em voltar à antiga vida de humilhação e martírio, porque eu detesto esse homem, que não era para mim, que foi meu algoz por uma dúzia de anos, que hoje só me merece compaixão ou esquecimento. Como não há quem nos ouça, quero contar-lhe um episódio de minha escravidão conjugal; por ele, poderá o senhor ajuizar do baixo drama em que a mim me coube o papel de vítima, e a ele o de tirano sanguinário. Depois de proibir que eu conversasse em francês com as minhas amigas, impôs-me que não tocasse mais piano. Perguntei-lhe o porque; respondeu-me que ouvira na tarde anterior, por ocasião de eu estar tocando umas melodias de Schubert, um vizinho dizer que eu não devia ter casado com ele. Sabedora do quanto Bezerra era capaz, fechei imediatamente o meu piano, que assim tomava parte no meu infortúnio e martírio.
— Vejo que o seu sofrimento foi na verdade original.
— Oh! o senhor que tem espírito elevado, e no coração dotes surpreendentes, não imagina até onde pode descer um homem de curto entendimento, sem educação, sem alma. Ouça. Não podendo resignar-me inteiramente à privação daquelas vozes sublimes que eram o meu único conforto, que desde criança não se separavam de mim, que era as irmãs da minha voz, espiei qualquer momento em que o meu tirano se dirigisse a algum arrabalde, deixando-me livre algumas horas. Esse momento ofereceu-se uma tarde em que Bezerra teve que entender-se com certo sujeito sobre negócios que lhes eram comuns. Logo que o vi montar a cavalo, corri como louca ao meu piano. Havia quase três meses que estava muda como túmulo aquela arca dos meus particulares afetos. Sobre as teclas caíram e correram meus dedos desvairados e febricitantes. O prazer que senti, ouvindo os primeiros acordes, desceu tão intensamente ao fundo do meu sistema nervoso que de meus olhos saltaram lágrimas, como contas de cristal, sobre a face de marfim insensível e fria, mas amiga. Irresistivelmente, a voz saiu-me da garganta, com a ternura apaixonada que nesse momento me transbordava do coração, ninho de sentimentos muito diferentes dos de Bezerra. Nunca a musa da harmonia, ao que me parece, havia socorrido tanto o meu canto com a sua paixão.
— Muito bem - disse Ângelo comovido.

— De repente, uma voz ressoou no âmbito da sala: "—Bravo! Bravo!" – dizia a voz.
— Era a de seu marido?
— Não, era a do tal meu vizinho, a quem meu marido ouvira dizer que não devia ter casado com ele. Este vizinho era um solteirão inofensivo e algum tanto parvo. Tinha chegado à varanda e daí alongava o pescoço para dentro da minha casa. — Estou de longe mesmo apreciando os seus dotes - continuou ele, e mal tinha acabado de proferir estas palavras, senti sobre as mãos, que ainda percorriam o teclado, uma pancada violenta: o piano fora rudemente fechado, contra os meus dedos. Bezerra estava de pé junto de mim, fingira que ia para longe para pegar-me em culpa.
— Adivinho o resto - disse Ângelo.
— No mesmo instante - prosseguiu Maurícia - Bezerra corre à varanda com o intento talvez de pegar o solteirão pelas goelas e sufocá-lo; mas já não o encontrou; tinha fugido. Todo o seu furor se voltou, então, contra mim. Ergueu o chicote, que mal tocava a anca do seu cavalo. Eu estava de pé, e olhava para ele, horrorizada; nem me ocorrera fugir para um quarto e trancar-me por dentro. Mas quando, para que eu representasse todo o papel de escrava, só me faltava receber o golpe infamante, o braço de Bezerra descaiu, e ele empalideceu. Acovardara-se, vendo algumas gotas de sangue que tinham caído dos meus dedos sobre o meu vestido e aí deixavam escrita em caracteres vermelhos a história do seu crime. Foi esta brutal afronta que trouxe a nossa separação, pela minha fugida com minha filha para o Recife.
— A senhora tinha razão, hoje, quando me dizia que eu não sabia uma quarta parte dos seus padecimentos - disse Ângelo.
— Tenho ou não motivos de temer qualquer encontro com semelhante homem? Ah! Sr. Dr. Ângelo, se os maldizentes soubessem toda as particularidades da vida daqueles em quem aferram o dente envenenado, talvez recusassem praticar o seu torpe ofício.
Essas palavras foram proferidas alguns passos antes da entrada da casa de Martins.
Fizeram aí uma pequena parada. Pelas portas abertas, via-se de fora a sala ao clarão das luzes.
— Meu Deus! exclamou Maurícia. Veja quem está ali.
E apontou para a sala.
A um lado da mesa, três pessoas estavam sentadas, Martins, Eugênia e Bezerra.
Maurícia sentiu-se enfraquecer, e inclinou-se, para não cair, sobre o braço de Ângelo.

# V

Albuquerque, senhor de engenho com quem Maurícia contratara os seus serviços, pertencia, segundo o está atestando o próprio apelido, a uma das primeiras famílias de Pernambuco. Em muitos pontos adiantado pela natural influência das ideias modernas, mostrava-se sumamente aquém do seu tempo no tocante às antigas regalias de sangue. Revia-se com vaidade que para assim dizermos trouxera do berço, nos pergaminhos da família. Esta vaidade era nele uma como intuição inata e irresistível. A educação, que se ajustara a esse molde tosco, dera-lhe novos acrescentamentos.

De seu natural, era brando e benévolo, não obstante serem rudes os sentimentos e algum tanto carregadas as tradições que herdara dos seus maiores.

Quando se sentia pisado na dignidade por pé, movido pela audácia, elevava-se a toda à altura do passado, e no vasto arsenal da família encontrava, senão armas de aço fino e cortante com que rebater o agressor, as armas da soberba, do desdém, da altivez, e, às vezes, até as da ameaça e da hostilidade moral.

Estações desfavoráveis e contratempos privados tiveram-no por alguns anos em embaraços e atribulações que o assoberbaram.

Chegou a ver quase todos os seus bens arriscados. Mas os tempos melhoraram e pode desempenhar-se dos seus compromissos. A paz e a fortuna vieram ocupar de novo no lar, onde um eclipse se demorara não sem grande desânimos e desgostos, o lugar que lhes pertencia antes das adversidades agora de todo desaparecidas.

Foi por esse tempo que o serviços de Maurícia foram aceitos. Alice, última filha de Albuquerque, entrava no seu décimo ano de idade; urgia ter educação. Quanto ao primogênito, por nome de Paulo, este não inspirava cuidados a Albuquerque; tinha dezessete para dezoito anos e não dava mostras de vocação para letras. Muito cedo deixara a escola, para dedicar-se de corpo e alma à agricultura, que era a carreira de sua predileção. Fosse que a vocação o inclinasse fortemente para a vida do campo, onde o contato com a natureza despertava em seu espírito novas simpatias pelos prazeres inocentes que aí encontram; fosse que o seu gesto procedesse dos hábitos a que desde a primeira idade se entregara de coração, certo é que Paulo era, ao tempo desta narrativa, o tipo do agricultor, e nele tinha seu pai as melhores esperanças. A capacidade do rapaz em regular o serviço de engenho; a sua discrição em tratar com os trabalhadores e os interesses da grande propriedade o haviam tornado objeto de tão larga confiança que Albuquerque só tinha olhos para

o que constituía a administração exterior; das porteiras para dentro, Paulo superintendia em tudo. Quando alguém procurava o senhor do engenho, a fim de lhe pedir qualquer favor, ou colocação, Albuquerque dizia:
— Entenda-se com o Sr. Paulo, que é quem sabe o que precisa, ou o que se pode fazer. O que ele decidir está decidido.

Paulo experimentava precisamente por aquele tempo a necessidade de completar-se. As cenas da Natureza, seus painéis, suas belezas, suas maravilhas, provocavam-lhe o espírito de risonhas visões; mas no fundo dessas visões o que suas mãos encontravam, quando ele buscava verificar se aí havia o que a imaginação gerava e coloria, era a ausência da realidade; as proporções desta mediam-se pelas terras do engenho.

Quando voltava do serviço diário, tinha bom apetite, e depois da última refeição o corpo, que requeria repouso, achava na cama novas forças, trazidas pelo sono para recomeçar no dia seguinte a tarefa interrompida na véspera. mas esta fase de apetite, que se satisfazia com os alimentos, e de fadiga que desaparecia com o sono reparador, tinha de ser profundamente alterada; o coração devia dar sinais do termo de seu repouso e da aproximação do seu despertar; a imaginação devia exigir visões e sonhos diferentes dos que inspirava o espetáculo dos campos, dos rios, das matas.

Paulo sentira nos últimos tempos acender-se no intrínseco do seu peito fogo desconhecido, que, por ser tal, não deixava de o abrasar. Sentiu anelos teimosos, prazer e tristeza, crença e dúvida, que não sabia explicar e mal conhecia, porque a essência de sua vida assentava na inocência, que o campo alenta. Um mestre particular ensinara-lhe as primeiras letras. Não se tendo achado em contato com a meninice trêfega, ou com a juventude viciosa de certos colégios, quase todas as pequenas corrupções que se devem a tais centos, e que são, muitas vezes, a origem de grandes corrupções sociais, lhe eram inteiramente desconhecidas. O seu espírito podia considerar-se estreme, o seu coração podia reputar-se de um modelo digno de ser estudado e seguido.

Quando de volta do trabalho, Paulo achou uma tarde em casa a menina de fisionomia triste, olhar meigo mas, melancólico, adivinhou por lúcida previsão, que a sorte lhe trouxera, enfim, aquela delicada forma do espírito, da bondade, da dedicação, do amor que ele, apenas, conhecia como deliciosas abstrações ou vagas fantasias.

Virgínia era tão fraca de compleição que, à primeira vista, todos sentiam apreensões pela sua existência.

Olhando-se para aquele corpo franzino, delicado, posto que não desgracioso, antes cheio e modesta elegância, pensava-se que não há formas que não resistem senão por muito pouco tempo ao trabalho das intempéries e dos climas. Tinha-se pena de pegar em sua mão, porque parecia que com qualquer movimento menos brando poderiam sentir-se os dedos finos, a palminha delicada, o bracinho delgado da encantadora menina.

À Maurícia atribui-se este conceito a respeito da filha:
— Virgínia parece ter nascido de um respiro, e estar destinada a morrer de um sopro!
Uma vez, conversando com D. Carolina, mulher de Albuquerque, sobre a fraca organização da menina, dissera Maurícia:
— Quando da minha janela vejo Virgínia passeando ao sol posto, pelo cercado, e trazendo soltos sobre o roupãzinho branco os cabelos louros, só se me afigura ter diante dos olhos uma nuvenzinha que caiu das alturas sobre a terra.

A natureza caprichosa na distribuição dos seus favores dera a Virgínia, como se fizera para resgatar a fragilidade do corpo, o mais vigoroso espírito que já se viu em tão verdes anos.

Em casa, quando a viam vencer ao piano algumas das grandes dificuldades que as óperas oferecem, diziam:
— Não nega que é filha de quem é!

Não andava longe da verdade a gente do engenho, quando se exprimia a respeito de Virgínia, nesse desataviado modo porque o povo traduz os seus conceitos. A verdade, porém, a verdade completa, era que a menina trouxera do berço, com o talento, outros muitos tesouros, a saber, juízo, porque, cada uma destas virtudes é uma grandeza, capaz por si só de caracterizar, não dizemos tudo, de encher uma existência.

Quando Maurícia chegou ao engenho, Virgínia, com ser muito nova, tinha já quase completa sua educação. As qualidades insignes que brilhavam em sua mãe, por uma como reprodução mágica, se tinham continuado nela porventura mais vivas e adoráveis.

Paulo ficou extasiado diante daquela criaturinha que escrevia e falava corretamente o francês, tocava graciosamente piano, entendia de geografia e desenho, cosia, bordava; Virgínia pagou igual tributo de admiração: achou em Paulo tamanha candura, tanta conveniência nas ações, tanta compostura no dizer, no olhar, no falar, no sorrir, que não pode deixar de comunicar a Maurícia sua impressão; e o fez nestes termos:
— Que bonitos modos tem o filho do Sr. Albuquerque, mamãe!

Estas duas admirações tão irmãs, tão naturais, tão espontâneas, de duas organizações virgens, de diferente sexo, só podiam trazer um resultado - a enamoração mútua, o que queria indicar um sentimento comum - o amor. Mas este amor nasceu sem fogo, sem veemência, sem estridor; nasceu límpido e brando, como nasce no deserto, por sob a folhagem, cristalina fonte, cujas águas o sol não queima e a tempestade não revolve. Foi um relâmpago que fulgiu ao longe; todos viram o seu clarão, mas ele não deslumbrou ninguém, e não foi seguido de medonho estrondo.

Testemunhemos uma das manifestações desse amor.

Uma tarde, Albuquerque, de passagem para o cercado, ouviu o rumor das vozes dos dois jovens em colóquio no oitão da casa. Estavam sentados

# O sacrifício

sobre uma viga de sucupira, que ali esperava, ao tempo, o verão para ir substituir uma trave podre da coberta.

Era longe deles o pensamento de ocultar-se às vistas da família. Encontraram-se por ali casualmente. Paulo por ocasião de ir verificar quantas formas havia na casa de purgar. Virgínia de caminho para a choupana de uma moradora a quem devia encomendar umas varas de rendas de que precisava Maurícia. Sentaram-se um momento, e entraram a conversar, sem lhes ocorrer nenhum pensamento de que semelhante passo poderia dar causa a reparos.

A tarde estaca deliciosa. Namorados de outra esfera, namorados da cidade, trocariam ente si, apartados como estavam eles do centro da família, frases de sentido duvidoso, e talvez amplexos e beijos, que arriscassem as canduras que velam as primeiras paixões, como as neblinas ocultam os abismos . Aqueles dois pintassilgos, porém, meigos e inocentes, tinham suaves confidências que eram mais gorjeios do que palavras.

Eis o que eles diziam:

— Caiu? E por meu respeito! Quem o mandou à árvore?

— Queria trazer-lhe estes ingás. O galho, onde pus os pés, estava podre, e vim ao chão antes e tirar as frutas.

— Podia ter-lhe sucedido alguma coisa pior, Paulo. Para que faz isso?

— Como não tinha uma lembrança que lhe trazer, corri às frutas logo que as vi. Eu quero que você saiba, Virgínia, que não me esqueço nunca de você.

— Eu bem sei que você me quer bem. Não é preciso que se exponha a perigos. Não caia em outra, Paulo.

Outra vez foi D. Carolina que deu com eles conversando depois do almoço.

— Volte cedo hoje - dizia Virgínia. Quando você chega já estou cansada de esperar; tenho curtido uma saudade imensa. Assim que me parecem horas, subo ao quarto de mamãe, e da janela olho ao longe; nada de você aparecer! Vejo somente as árvores, os canaviais, os caminhos sem gente. As horas custam a passar. O sol fica preso no céu, e não anda.

— Que hei de fazer? disse Paulo em resposta. Não sabe que sem mim os negros não trabalham?

— Se mamãe não se agastasse, eu era capaz de ir fazer-lhe companhia no serviço. Que é que tinha? Levava a minha costura, e tendo-o por junto de mim, sentiria grande prazer no meu trabalho.

Para este rasgo de amor singelo e inocente, Paulo teve uma resposta muda: passou o braço pela cintura de Virgínia e apertou-a contra o peito. A menina inclinou os olhos ao chão e pela primeira vez, sentiu, por um gesto de Paulo, o sangue subir-lhe às faces.

D. Carolina julgou prudente referir o que vira ao marido acrescentando algumas reflexões.

— Já uma vez - disse Albuquerque - achei-os conversando ao lado do alpendre. Sua conversação era inocentes, mas indicava que eles se amam.

23

— Não será tempo e atalhar este sentimento? Paulo, se as coisas continuarem como vão, virá a perder o casamento com Iaiazinha, e isto seria muito desagradável porque há toda uma conveniência em que se case com a prima.

— E é verdade - tornou Albuquerque; são parentes muito chegados; o sangue é o mesmo. Quanto à fortuna de Iaiazinha pode calcular-se em cem contos de réis. Mas qual o meio de impedir, sem risco de desagradar a D. Maurícia o desenvolvimento destas inclinações? Se Alice não precisasse hoje, mais do que nunca, dos serviços de D. Maurícia, a dispensa destes serviços remediava o mal, e podia realizar-se sem o indício do seu principal motivo; mas devemos acaso arriscar-nos com alguma providência de rigor e perder tão boa mestra? Demais, o que não sucederia nesta casa com semelhante separação? Alice, como você sabe, tem para D. Maurícia afeição de filha; Paulo pelo mesmo. Por aí, calcule quanta tristeza não entraria aqui com a ausência dela. D. Maurícia é muito digna, é até responsável; e se não fosse viver separada do marido, estou quase a dizer-lhe que não haveria desdouro em Paulo casar-se com Virgínia, porque o que verdadeiramente se deve exigir na união conjugal - o amor, este os liga e promete ser indissolúvel. Ora, eu quero a felicidade de meus filhos, e não estou ainda deliberado a aprovar o casamento de Paulo com a prima, cuja educação não me parece boa. Esta é a verdade.

Esta linguagem na boca de Albuquerque era a maior das contradições, e só indicava que os merecimentos de Maurícia e Virgínia tinham dado golpe profundo no preconceito que fora até então a primeira lei moral do senhor do engenho.

— Eu também não estou longe de pensar com você neste ponto. Mas então, vejo lá aonde isso irá ter, porque a afeição deles, com a docilidade que há, irá aumentando de dia em dia, e D. Maurícia não cessa de dizer que nunca mais voltará para a companhia do marido. Veja, então, o que se há de fazer, concluiu D. Carolina.

Assim como aos olhos dos pais de Paulo os colóquios entre este e Virgínia pareceram depressa adverti-los que deviam velar sobre o futuro do filho, assim também aos de Maurícia eles indicaram os perigos que cercavam sua filha, não obstante a pureza e a grandeza do grande afeto dos dois jovens. Desde que conheceu a inclinação de Virgínia, começou a ter cuidados, vigilância, estremecimentos e apreensões pela menina. "Hoje são puros, ingênuos, infantis" dizia consigo no fundo do aposento, que se lhe havia destinado no sobrado da casa da vivenda. Mas quem me assegura que há de ser sempre um inocente égloga o amor deles? E se Virgínia, ainda quando seja sempre digna do seu nome, viesse Paulo a preferir outra mulher, sua prima por exemplo, quem lhe resgataria o dano que, depois de conhecidas as relações deles dois atualmente, semelhante acontecimento deveria trazer? Que imputações cruéis as línguas viperinas não se julgariam com o direito de irrogar a minha querida filha? Isso não pode continuar assim".

# O sacrifício

Maurícia tomou uma resolução súbita, e desceu à sala de visitas, onde Albuquerque estava lendo os jornais daquele dia.

— Sr. Albuquerque - disse ela, não sem rápidos toques de palidez nas faces, e ligeiro tremor na voz - desculpe que ainda tão cedo venha tomar-lhe o tempo.

— Alguma novidade D. Maurícia? - inquiriu quase sobressaltado o senhor do engenho.

— Tenho por grave e por da maior conta para mim o assunto desta entrevista.

— Sente-se ao pé de mim.

E Albuquerque ofereceu-lhe uma cadeira.

Maurícia não se demorou em falar-lhe nos termos seguintes:

— O Sr. já deve ter conhecido que Paulo e Virgínia se amam, e que seu amor, ao que parece, é puro e desinteressado.

— A senhora faz-me justiça quando diz que eu já devia conhecer a afeição comum ente meu filho e sua filha. De fato, essa afeição de há muito me preocupa.

— Tenho perdido noites de sono somente em cuidar nisso. Vivendo eu e minha filha a bem dizer às suas expensas...

— Não, senhora; em minha casa a senhora tem vivido do seu trabalho.

—... esse amor - prosseguiu Maurícia - poderá parecer a muitos um cálculo para eu melhorar de sorte, ou uma baixa retribuição da hospitalidade que recebemos.

— Em minha casa, Sra. D. Maurícia, não há ninguém, nem os meus escravos, que seja capaz de semelhante aleivosia.

— Eu assim penso, Sr. Albuquerque; mas fora da casa e até fora do engenho não há de faltar quem, por maldade, inveja, ou gosto diabólico se apresse a atirar a lama sobre o véu cândido de uma menina inocente que é digna da melhor sorte.

— Não tenha este receio. Os tempos dos falsos testemunhos já passaram, e a virtude resiste a todas as agressões da maledicência e de todas triunfa.

— Seja como for, tenho como mãe um dever imperioso a preencher neste grave assunto. Venho declarar-lhe positivamente, Sr. Albuquerque, que não há cálculo nem baixeza por parte da minha filha. Se Paulo tem brasões ilustres, sangue limpo corre pelas veias de Virgínia; se Virgínia é pobre, Paulo não é rico; se hoje eu e ela nos sentamos à mesa do Sr. Albuquerque, hoje mesmo podemos deixar vagos os nossos lugares para quem queira prestar os mesmos serviços que estou prestando.

— Conclua, D. Maurícia.

— Concluo, dizendo que preciso saber do Sr. Albuquerque a sua opinião a respeito das relações que entretém seu filho e minha filha.

Albuquerque tinha Maurícia em grande conta, e consagrava-lhe particular estima, que era compartida por todos os da casa. Ao princípio, tivera para ela a maior reserva. Terminadas as lições de Alice, Maurícia subia aos seus aposentos e a família recolhia-se aos que lhe pertencia. Ficavam as comunicações interrompidas até a hora da refeição, em que Maurícia, descendo com Virgínia, vinha encontrar os donos da casa e sua discípula silenciosos à mesa, esperando por elas. Estas cerimônias duraram por algum tempo. Albuquerque e D. Carolina estudavam os costumes, os sentimentos, o caráter da mulher a quem tinham dado entrada, por necessidade, no seio da família. Tanto, porém, que reconheceram os largos merecimentos de Maurícia, cortaram o cordão sanitário que os separavam, e foram os primeiros que atraíram à intimidade a hóspede que ainda queria continuar as suas reservas. Então, Maurícia e Virgínia vieram a ser consideradas os primeiros encantos da casa e quase a fazer parte da família. Albuquerque apresentou-as com certo orgulho ás pessoas de representação que vinham passar dias no engenho. Neste, começou a reinar outra ordem de alegrias. Dantes, havia aí lautos jantares, mas sem grande animação; agora, já não era assim; com sua voz divina, Maurícia dava às reuniões o tom de verdadeiros saraus. Com ela, entrara ali a musa da harmonia, que deixava extasiados e saudosos os que iam passar os domingos com Albuquerque.

A brilhante sociedade que já concorria semanalmente ao engenho tornou-se mais frequente, e aumentou e brilho e número. Um presidente de província foi passar um domingo em Caxangá somente para ouvi-la cantar.

Ouvindo as suas palavras Albuquerque não se deu por ofendido, antes acudiu a dar-lhes o maior apoio, procurando tranquilizá-la.

— Não tenho sobre este objeto intenção hostil a Virgínia, que eu considero no caso de dar a Paulo a felicidade que ele deseja. Mas o casamento não se realizará senão depois e preenchida uma condição, uma condição única.

— Qual, Sr. Albuquerque? inquiriu a inquieta mãe, sentindo lavar-se no seu espírito, até aquele momento carregado de dúvidas e temores, no mais suave contentamento.

— Estão bem moços ainda; são duas crianças - prosseguiu Albuquerque. No governo da vida, Paulo é um homem perfeito; eu não sei se poderia em caso algum dirigir tão discretamente as minhas ações, e trazer tão bem velados os meus interesses. Mas Paulo, segundo a senhora reconhece, não tem fortuna; agora é que trata de formar pecúlio. Ele desmentiria seu conhecido juízo, se tomasse família sem os meios de a manter decente e dignamente. Talvez que já tenha estes meios, quando se preencher a condição de que lhe falei. Então, sim, D. Maurícia; o casamento, que nós e eles desejamos, se realizará com satisfação de todos.

— Mas não poderei saber qual é a condição a que o Sr. se refere?

— Permita que por ora não a revele. Em ocasião oportuna, a senhora será sabedora; mas dependendo a condição da sua vontade, ou do tempo, não há razão para supor que prometo o que é impossível. Está satisfeita, minha senhora?

— Estou tranquila; satisfeita, ainda não, respondeu Maurícia, graciosamente.

— Esperemos pelo tempo - disse Albuquerque.

E levantou-se.

Maurícia imitou-o, e subiu. Levava um demônio no espírito.
— Que condição será esta? perguntava inquieta a si mesma, e não achava reposta que lançasse um raio de luz sobre este mistério impenetrável.

Neste mesmo dia, Albuquerque, dando parte a sua mulher do que se passara entre ele e Maurícia, disse estas palavras:
— Daqui até que Alice esteja de todo educada, hei de ter conseguido conciliar D. Maurícia com o marido, e então darei a Paulo a felicidade que mais deseja. Talvez, não seja preciso promover-se esta conciliação, à vista das circunstâncias em que ficava o marido de D. Maurícia por ocasião das últimas indagações a que mandei proceder no Pará. Estava pobre e enfermo. Conjeturo que a esta hora o infeliz já não mais existe.

Não chegou a contar-se uma semana que Albuquerque teve a prova de que era mentirosa a sua conjetura.

# VI

*N*a mesma sala em que Albuquerque e Maurícia tinham conferenciado sobre o grave assunto que vimos, foi introduzido, seriam noves horas da manhã, no dia da festa em honra de Eugênia, um homem que poderia ter quarenta anos de idade. Era alto, magro, pálido. Tinha a fisionomia desfigurada. Trajava de peto. Trazia os cabelos e a barba crescidos, a camisa enxovalhada.
— Queira ter a bondade de dizer o que o trouxe a esta casa, disse-lhe Albuquerque.
— Senhor, disse o sujeito, estava eu no leito de morte, quando um amigo, com o intento de reanimar-me, deu-me a ler uma carta em que uma pessoa desta cidade recomendava a outra, moradora na em que eu agonizava, que lhe desse informações minuciosas acerca do meu estado moral, sobre os meus meios de vida, etc.
— Estou falando com o Sr. Bezerra? - inquiriu Albuquerque.
— Sim, senhor; tornou o sujeito.
— Sente-se.
Depois de um minuto e silêncio, Bezerra prosseguiu:
— V.S. terá bem presente tudo o que disse nessa carta?
— Lembra-me por alto o que escrevi.
— Falo-lhe nestes termos porque eu a tenho de cor, o que não deve causar espanto, visto ser ela a minha salvação. Posso assegurar a V.S. que as suas letras me arrancaram das garras da morte.

— Eu tudo ignoro a seu respeito, porque a pessoa a quem pedi informações nenhuma me deu ainda.
— Essa pessoa julgou-se dispensada de o fazer, quando soube que eu vinha a Pernambuco. Procurou-me para me pedir que entregasse a V.S. a presente carta.
Assim falando Bezerra punha nas mãos de Albuquerque a carta a que se referira.
— É uma carta de apresentação.
Albuquerque, depois de lê-la, disse a Bezerra:
— Antes de passarmos adiante, julgo no meu dever declarar-lhe que nenhuma parte teve no passo que dei para obter as informações a seu respeito a Sra. D. Maurícia.
— Minha mulher... disse Bezerra.
— Andei nisso por exclusiva inspiração minha, e até a este momento ela tudo ignora a semelhante respeito.
A estas palavras, Bezerra tornou-se mais pálido do que era.
— Ah! disse. Eu cuidava que tudo se havia feito por indicação dela.
— Não, senhor.
— Sei, prosseguiu Bezerra, que minha mulher não encontrou em V.S. somente um cavalheiro, encontrou também um irmão.
— Não lhe tenho feito senão aquilo a que tem direito, pelas suas qualidades pessoais.
— V.S. diz a verdade nestas últimas palavras, minha mulher é uma adorável criatura; e só a cegueira em que vivi nos primeiros anos depois do meu casamento poderia dar origem a cenas fatais que hoje eu recordo com pejo. Mas, senhor, posso assegurar-lhe que a cegueira está agora de todo extinta; e que, ensinado pela experiência, castigado pela sorte, trago para minha mulher o primeiro dos meus afetos, e para a minha querida Virgínia todos os extremos de que é capaz o mais terno dos pais.
Albuquerque tinha os olhos fixos em Bezerra, que parecia exprimir-se não com os lábios, mas com a alma.
Bezerra não fora destituído de graça nas suas feições, de vivacidade no olhar. Conhecia-se pelas ruínas ainda notáveis destes dotes que eles tinham sido pingues. O senhor de engenho ouvia-o com toda atenção, e não sem prazer.
Bem depressa, Bezerra conheceu que da parte do seu interlocutor havia toda a benevolência para ele. Considerou, então, ganha a sua causa.
Continuou:
— Apanhei muito na cabeça, senhor, apanhei muito mesmo. Fui negociante, fazendeiro, advogado, jornalista. Tudo o que era meu se foi pela água abaixo; mas o meu primeiro tesouro, a minha única fortuna, que eu julgava para sempre perdido, a Deus aprouve que tivessem em V.S. um defensor, um protetor, um depositário venerável. Obrigado, senhor, brigado. Vendido e revendido eu não poderia pagar-lhe este serviço, esta honra, esta esmola, esta felicidade.

## O sacrifício

— Sr. Bezerra, atalhou Albuquerque, o senhor está laborando em verdadeira equivocação informando-me do estado da sua vida. Não foi meu intento chamá-lo a Pernambuco para restituir-lhe a família que o senhor deixou sair pela porta afora em pranto e desespero. Não tinha e não tenho autoridade para isso. Informei-me por mera curiosidade. Eu queria saber se a mulher que eu recebera no seio de minha família tinha razão de estar separada do marido, até certo ponto pareceu-me até dever meu ter disso conhecimento para minha direção. Se, pelas minhas informações, eu chegasse a convencer-me de que a Sra. D. Maurícia não era digna de viver à minha sombra, retirar-lhe-ia imediatamente toda a confiança, e sobre as suas costas fecharia para sempre as portas de minha casa. Felizmente, senhor, parece-me que não foi ela quem mais concorreu para a separação que lastimo.

— Toda a responsabilidade deste deplorável acontecimento me pertence. Minha mulher foi mártir das minhas loucuras. Quero pedir-lhe que me perdoe, e que venha d'ora em diante proporcionar-me a felicidade, a que eu não soube dar o devido valor.

— Neste particular, senhor, tudo correrá por sua conta.

— Mas V.S. há de auxiliar-me na extinção do escândalo e da desgraça que há três anos trazem apartados de mim dois entes que hoje constituem a minha única riqueza.

— Tenho os melhores desejos de que cessem este escândalo e desgraça; e prometo-lhe que tudo farei para que o senhor e ela voltem a viver em harmonia, respeitados e estimados dos homens de bem. Antes, porém, de chegarmos a qualquer resultado, exijo do senhor um serviço, a que me considero com direito.

— Tenha V.S. a bondade de declara que serviço é.

— Exijo que o Sr. Bezerra faça ver a sua mulher, em termos que metam fé, que a sua vinda a Pernambuco é o resultado de deliberação sua na qual não tive a menor parte. Há três anos que D. Maurícia vive em minha casa, em tão estreita cordialidade que só nos tem proporcionado horas de contentamento. Todos a têm aqui na maior conta. Eu voto-lhe particular estima, porque não vejo nela somente uma mulher de qualidades distintas, vejo principalmente a educadora carinhosa, a quem minha filha deve prendas de grande preço que constituem o melhor do seu dote. O senhor compreende que em condições tais muito desagradável me seria que, sem fundamento, aliás, tivesse sua mulher motivo para de qualquer modo atribuir-me neste negócio solução que não fosse de seu agrado.

— A minha defesa e a minha glória estão principalmente na espontaneidade com que resolvi procurá-la. Sem essa espontaneidade, nenhuma segurança daria eu de ser no futuro o reverso do que fui no passado.

Quando Bezerra soube que a mulher a e filha não estavam no engenho, grande foi a sua contrariedade. Compreende-se que ele tivesse pressa em ver decidida tão importante questão.

29

Bezerra dissera, não a verdade inteira, mas só meia verdade a Albuquerque relativamente às diferentes fases de sua vida. Ele, no Pará, fora quase tudo o que pode ser um homem que se deixa resvalar no plano escorregadio do desmando, principiando o escorrego pelo lar doméstico. Vendera tudo o que lhe restava dos poucos bens que a mulher lhe levara em dote, para consumir seu valor na dissipação, no jogo, na malandragem. Tivera várias aventuras, e por uma delas chegara a ir à prisão pública. Quando ficou livre, meteu-se a rábula. Ele não era inteiramente inábil, e porque as necessidades urgiam, chegou, pelo esforço, fazer aquisição dos conhecimentos que no foro se exigem. Por algum tempo se manteve nesta carreira; mas tendo-se sumido dos autos de uma questão importante o documento em que a parte contrária fundava o seu direito, jurou ela vingar-se extrajudicialmente. De feito, uma noite em que Bezerra, ao lado de uma das últimas companheiras lia uma novela, quatro sujeitos mascarados tomaram-lhe as portas da entrada e saída, e dentro de sua própria casa deram-lhe tamanha surra que por morto o deixaram. A companheira desamparou-o nesta hora de suprema agonia, e se não fosse um caridoso vizinho, que dele se condoeu, não sairia da cama senão para a sepultura. Estava ele neste estado, quando a carta de Albuquerque chegou ao Pará. A pessoa mostra-lha; ele cria alma nova. Lembra-se da mulher e da filha, e em voltar à vida conjugal, por tanto tempo desamparada, julga estar a sua salvação; considera-se arrependido; pede a Deus que lhe conserve a vida para que ele tenha, ao menos, ensejo de dar até aos fins dela prova pública de sua emenda. Seus desejos foram cumpridos.

Mas era tamanho o empenho em ver Maurícia, que não se resignou a esperar que ela voltasse a Caxangá. Tendo ficado de voltar no dia seguinte, depois de jantar no Engenho, regressa a Recife e encaminha-se para a casa de Martins.

Entretanto, Albuquerque dava-se os parabéns do desfecho feliz que o triste drama parecia ter.

Ficara toda a tarde no aterrado do engenho com sua mulher. Alice tinha ido passar o domingo em casa de uma parenta; e como se a sorte julgasse necessário todo o tempo a Albuquerque para refletir sobre a nova situação que se desenhava a seus olhos, nesse dia não apareceu nenhum dos habituais frequentadores da casa.

— Eles ficarão aqui ao pé de nós - dizia Albuquerque a D. Carolina, referindo-se a Bezerra e Maurícia. A casa onde faleceu minha irmã será para eles. É uma boa casa, em que poderão morar o tempo que lhes parecer. Como não tem esse homem nenhum meio de vida por ora, verei o que se há de fazer para que fique arranjado. Se proceder bem, como espero, Paulo casar-se-á, e restar-me-á o prazer de ter chamado ao bom caminho um casal que andava desnorteado, e de ter realizado a felicidade do meu filho.

D. Carolina, depois de algumas reflexões, ou objeções, que Albuquerque destruiu, achou tudo o mais muito bom, e já desejava que todo esse

castelo fosse levado a efeito quando uma carruagem do engenho, que voltava, trouxe Maurícia e Virgínia.
Albuquerque e D. Carolina foram ao encontro das duas senhoras.
Pegando da mão de Maurícia, o senhor do engenho, com o sorriso nos lábios, disse-lhe:
— Tenho uma feliz nova que lhe comunicar, D. Maurícia.
— Uma feliz nova! Eu também tenho uma novidade que lhe referir. Mas esta, Sr. Albuquerque, é triste: É a minha desgraça.
Então Maurícia deu alguns passos para D. Carolina.
— Ah! minha boa amiga. A minha tranquilidade, o meu sossego, acabaram. Foram-se os dia felizes. Ai de mim!
Assim falando, Maurícia lançou-se nos braços da senhora do engenho, e umedeceu-lhe o seio com lágrimas.

## VII

*N*ão se pode descrever o assombro de Maurícia ao dar com as vistas em Bezerra na sala do sítio. A medonha visão, que lhe aparecera no boqueirão e se desvanecera quase inteiramente no trajeto para a casa de Martins, surgia agora novamente, envenenando-lhe o espírito e repassando-lhe de fel a malfadada existência. Terríveis ameaças vinham com esta visão merencória e truculenta. O passado de que Maurícia desenterrara a página, que lera a Ângelo, ressurgiu a seus olhos com todos os episódios, dando-lhe a feição de uma tragédia.
 — Eu logo vi que não havia de enganar-me - disse ela tristemente.
 E acrescentou no mesmo instante:
 — Que será de mim, se esse homem me jungir outra vez ao carro de sua tirania?
 E porque a esse tempo tinha passado a primeira impressão do assombro, Maurícia volveu imediatamente sobre seus passos. Ângelo, que tinha ainda preso ao seu braço o dela, deixou-se arrastar irresistivelmente. O acaso os unira, e a fatalidade parecia não querer soltá-los. O abismo, em que um esteve perto de cair, ameaçou o outro. O pensamento de escapar a esse abismo era comum a ambos.
 — Fujamos daqui, Sr. Dr. Ângelo. Deus me livre de ser vista por meu carrasco. Parece-me que para afugentar-se espavorida a minha liberdade, bastaria que ele me cobrisse com seu olhar sinistro.

Foi profundamente abalada que Maurícia disse estas palavras, arrancos de seu ânimo quase exausto. Sentia-se presa da febre e do frio ao mesmo tempo. Em sua alma, havia fogo e gelo - o fogo do desespero; o gelo do terror. Deram a andar em demanda do portão, protegidos pelas sombras das árvores a que as da noite aumentavam o vulto e a densidão.

— Há talvez excesso nos seus receios, D. Maurícia - disse Ângelo, depois de um momento de silêncio. Quem a poderá obrigar a viver com este homem? A senhora não pertence ao acaso! Não é dona das suas ações?

— Pertenço-me e sou senhora das minhas ações - respondeu ela. Mas a verdade é que ele me aterra como se fora um duende. Não está em mim deixar de temê-lo. Contra esse homem só fui forte em um momento da vida – o da minha separação.

— Recobre os ânimos - prosseguiu o bacharel. Voltar à companhia dele, ou ficar livre como até hoje, são coisas que dependem exclusivamente da sua vontade. Não tem vivido longe dele durante três anos? Por que o teme? Demais, a senhora não está só. Ao seu lado pulsa um coração virgem e amigo, onde predominam dois sentimentos intensos - o amor e a dedicação. Exija qualquer prova destes sentimentos que ela não será recusada, nem retardada.

Ângelo tinha na voz estranhas vibrações. Seu corpo estremecia nervosamente. Fulgiam-lhe no espírito clarões sinistros. Era a terceira vez que o seu amor se revelava. Maurícia, que se considerava de fato ameaçada no que tinha mais caro de seu, não pode fazer-se desentendida como das outras vezes. Os perigos que se levantaram contra a sua tranquilidade eram maiores do que os que ameaçavam a sua honra.

— Eu preciso realmente de proteção, Sr. Dr. Ângelo. Dentre os parentes que tenho só confio em Eugênia e no marido; mas a moral severa em que foram educados talvez não lhes consinta fazerem comigo uma barreira contra as pretensões do meu perseguidor. Não lhe farão a menor resistência, quando ele declarar que pretende restabelecer a moralidade no seu lar, não obstante saberem que ele foi o único perturbador da nossa harmonia, a causa da nossa separação.

— Desculpe-me D. Maurícia. Isto que prevê parece-me impossível de realizar-se. Não somente uma, mas muitas vezes, tenho ouvido Martins e D. Eugênia terem para o Bezerra acerbas censuras.

— É verdade, mas logo que se trate de reconciliar-nos, hão de mudar de parecer, e serão os primeiros a promover o nosso congraçamento. Não é isto o que sucede a todas as famílias em casos análogos?

O desânimo entrara no espírito da infeliz senhora.

— Considero-me desamparada. Por que motivo hei de ocultar a minha fraqueza? Se meu marido pretender chamar-me para a sua companhia, terei necessidade de bater à porta de alguém para pedir que me livre das garras do monstro.

*O sacrifício*

Estas revelações íntimas foram arrancadas pela gravidade das circunstâncias. Conhecendo tal gravidade, Maurícia não teve reservas, nem as podia ter. Demais, o afeto pelo bacharel, ao primeiro hesitante e tímido, ia ganhando de instante a instante proporções avultadas em sua alma, que até então fora uma vasta região desocupada. Os temores, os perigos vieram auxiliar em seu desenvolvimento as inclinações do seu coração. No seio da intensa sombra íntima em que nadava sua alma solitária e vacilante, surdira, como para lhe servir de companhia, pirilampo gentil e namorado, que devia ter em breve o luzeiro de um astro. Por que havia de fugir Maurícia à deleitosa impressão trazida pela primeira luz que rompia suavemente a noite do seu coração?

O amor nascia aí, como nasce semente fecunda em solo feracíssimo; e, com o amor, nascia a confiança inseparável deste sentimento, às vezes enganosa, mas quase sempre cega.

Suas últimas palavras adiantaram o jovem bacharel no caminho que sua paixão abrira; nem foram obstáculos ao avanço de Ângelo as cerimônias das relações recentes e o passado dessa mulher que ele conhecia havia poucas horas.

— Eu sempre lhe aconselharia, disse ele, que primeiro procurasse chamar a si o seu cunhado e a sua irmã, minha senhora: mas, se este recurso não surtir efeito, o outro há de surtir. Não tenho fortuna; obrigações, sim, conto-as em grande número; pobre de meios, sou rico de confiança no futuro, tenho grande espírito, alguns amigos e muito amor. Por que não lhe hei de dizer tudo o que a senhora me tem feito sentir?

— Esta linguagem aumenta cada vez mais o meu terror, disse Maurícia, sem reserva, trêmula, confusa, dominada de infantis pavores.

— Por quê? Por quê? - inquiriu o bacharel por extremo excitado.

— Porque tais palavras me advertem que, fugindo de um abismo insondável, aproximo-me de outro abismo tão insondável como o primeiro.

— Engana-se, minha senhora, retorquiu o bacharel. A senhora foge de uma região desolada, e penetra em um asilo de paz e concórdia. Ora, escute. Daqui a trinta léguas, existe uma povoação banhada a leste pelo Atlântico, e ao sul por um riacho de águas cristalinas e puras; ao norte e ao ocidente, essa região é cercada de vastas florestas, em sua maioria formadas por cajueirais imensos. Nesse povoação, moram meus pais. A vida ali é obscura, mas tranquila. Dos enredos do mundo, poucos penetram neste asilo aberto às grandes afeições. A sociedade dos pescadores lembra o trato com a Graziela; quem ali ama não raras vezes sente em sua alma as grandezas desta concepção de Lamartine. Suponha que, partindo daqui, achasse aí no seio de uma família honesta, hospedeira e afetuosa todos os carinhos e desvelos que tinha no seu lar paterno; suponha que aí, a seu lado, uma alma ardente a acompanharia de manhã e de tarde pelas dunas da praia, ou pelos caminhos que cortam a floresta, sentindo ressoar dentro

33

de si a doce harmonia de sua voz; suponha que algumas economias levadas daqui poderiam assegurar-lhe uma existência não opulenta, mas decente e tranquila; ora, diga-me: se este sonho pudesse realizar-se; se uma voz amiga chegasse aos seus ouvidos e lhe dissesse à puridade: "esta pintura não é mentirosa; esse canto feliz existe; essa vida imaginada, esse sossego longínquo, essa floresta cheia de perfumes, essas praias povoadas de jangadas, pertencentes a pescadores que hão de ser nossos amigos, esse rio de águas cristalinas, esse Atlântico imenso, essa família hospedeira, enfim, esse Éden existe, e podes tu existir no seio dele a senhora teria ânimo para dizer-lhe: "cala-te, que esse mundo, essa vida, é um abismo?"

Maurícia ouvira estas palavras em profundo silêncio. Enquanto Ângelo as proferia, ela absorta em ouvi-las, esquecera-se da triste realidade que a cercava. Seu espírito acompanhava a brilhante descrição, feita pelo poeta. Afigurava-se-lhe um paraíso este cantinho pequeno na terra, imenso em sua alma, infinito em sua imaginação.

— Se eu pudesse viver aí sem remorso, sem inquietações, sem saudades, como havia de ser feliz! - disse ela insensivelmente arrastada pelo fio de pensamentos íntimos que tinha a força de uma cadeia fatal e ominosa.

— E por que não há de poder? - perguntou o advogado, mais escravo de sua exaltação, do que senhor do seu afeto, na realidade difícil de dominar, porque era aquela vez a primeira que rebentava, tinha pujança, a impetuosidade das correntes nativas, que se atiram às pedras, se despedaçam contra elas, mas transpondo-as em fios cristalinos, adiante coligem os seus cristais espalhados e prosseguem a sua vertiginosa carreira.

— Não posso, respondeu Maurícia. Se eu desse esse semelhante passo o mundo cobrir-me-ia de baldões, e o futuro de minha filha correria iminente perigo.

Ângelo sobresteve, sentindo a força destas palavras. mas o seu repentino amor não lhe consentiu larga reflexão. Ele tornou logo:

— Mas, se o juízo do mundo lhe causa estes medos, como é que a senhora fala em recusar a convivência com o seu marido? Não se engane, minha senhora. Veja que está colocada entre as duas pontas de um dilema terrível. Cuida que há de poder evitar a língua do mundo e ao mesmo tempo a companhia daquele de quem vive fugindo horrorizada? Isto é impossível. Urge escolher um destes dois princípios extremos, já que não é possível ambos. É questão de preferência. Pensará acaso que vindo a Pernambuco aquele a quem a fatalidade a ligou, e procurando a casa de sua irmã, tem outro intento que não seja o de chamar a senhora aos eu poder? Cuidará que ele fez de propósito esta viagem somente para lhe dizer com o sorriso nos lábios, e brando fulgor dos olhos: "Vim ver-te, porque tinha grandes saudades de ti; porque tuas lindas feições estavam quase todas apagadas de minha imaginação, e eu queria avivá-las para as levar comigo ao túmulo como o derradeiro penhor do nosso afeto?" Se tem essa crença, D. Maurícia, permita-me disser-lhe que ela é enganosa. Os homens, especialmente aqueles a quem o contato com o mundo destruiu todas as brandas pudicícias da honra, não alimentam o coração com estas delicadas iguarias. Desse homem, que já foi o seu algoz, não espere carícias, senão as severidades de uma vingança longamente estudada. Mas, se não lhe parece acertado o que digo, então, voltemos. Bezerra ainda lá está. Ângelo foi desapiedado. No seu amor, na sua paixão, tornou-se cáustico, mordaz, quase descortês. São cruéis estas armas quando têm por alvo a mulher adorada; ordinariamente, saem vencedores. Foi o que sucedeu então. Maurícia, que tinha aliás fortíssimos ânimos, não pode resistir a estas considerações. que se pareciam com invectivas, mas vinham saturadas do imenso amor, que inflamava a alma do bacharel. Viu neste uma organização superior, e sentiu prazer em deixar-se vencer por ele. Foi com certa impressão de volúpia deliciosa, posto que triste, que ela respondeu:

— Tem razão, tem razão! Escolherei, e escolha é fácil. Já uma vez afrontei o mundo, e não sai triunfante? Por que tomaria agora o lado oposto? Fugirei de meu algoz enquanto tiver forças para o fazer.

— Mas então, atalhou Ângelo, lembre-se, D. Maurícia, de que há nesta vida um homem de coração puro que estremece de amor pela senhora, e que para lhe poupar o menor desgosto será capaz de toda a sorte de sacrifícios. Por que não assentamos logo o que devemos fazer? Rogo-lhe que não me poupe na obra de sua tranquilidade. Estou pronto a fazer tudo o que ordenar. Quer a prova? Ordene.

Nesse momento, viram eles ao longe na estrada uns vultos vagos, e logo ouviram o rumor de vozes.

— Estou ouvindo Virgínia falar, disse Maurícia. Vamos ao seu encontro. Quero faze-la voltar. Esperaremos no sítio de D. Rosa pela carruagem do engenho, que não deve tardar. Eu deixei dito que nos mandassem buscar logo que anoitecesse. demais, tenho ainda de escrever a Eugênia. Meu Deus! que será de mim? Tenho a cabeça em fogo.

— Mas... o que resolve? inquiriu Ângelo com insistência.

Maurícia pareceu refletir um momento, durante o qual o bacharel mal pode suster a sua impaciência.

— Se precisar dos seus serviços, respondeu Maurícia, escrever-lhe-ei.

Ângelo, agradecido, tomou-lhe uma das mãos, e beijou-a com frenesi de louco.

— Obrigado, obrigado, disse como quem acabava de entrar em um mundo de delícias, longamente esperadas. Lembre-se de mim. Não sou de todo inútil.

— Olhe, tornou Maurícia. Não me enganei. Aí vem Virgínia com Sinhazinha.

— Para onde vai, mamãe? perguntou Virgínia, tanto que por entre árvores e sombras reconheceu Maurícia.

— Eu ia a tua procura. Voltemos, voltemos.
— Que é que diz, D. Maurícia? interrogou Sinhazinha admirada. Voltar para onde?
— Peço-lhe um obséquio, Sr. Dr. Ângelo, disse Maurícia, dirigindo-se ao bacharel. Dê o braço a Sinhazinha, e diga a Eugênia que um súbito mal-estar nos obriga a voltarmos inopinadamente. Eu estou realmente em termos de cair. Não, não lhe diga nada - acudiu logo. Vou já escrever-lhe.

Sinhazinha não sabia o que pensar do que via e ouvia: e quando ia fazer novas interrogações, Maurícia abraçou-a, e, dando o braço a Virgínia, arrastou esta como quem fugia a um flagelo iminente.

— Tornemos à casa de Martins, disse Ângelo à filha de D. Sofia.
— Mas o que é isto? Que foi que houve?

Ângelo nada respondeu. O que fez foi volver sobre seus passos sem demora. Maurícia e Virgínia tinham já desaparecido nas sombras da estrada.

# VIII

*E*ugênia, vendo Sinhazinha entrar, levantou-se, foi ao seu encontro e, tomando-lhe o braço, encaminhou-se com ela para junto do salgueiro. Aí estavam a conversar à meia voz, quando uma escrava de D. Rosa lhe entregou um papel. Era a carta de Maurícia.

Eugênia, na porta da casa, leu à luz que da sala se projetava até o pátio, as palavras seguintes:

"Minha querida irmã,

Mal sabia eu que no meio da maior ventura que ainda encontrei na terra, reapareceu o dragão que já devorou os meus últimos bens e agora se propõe a devorar a minha existência.

Fujo dele como quem foge de um mal mortífero. Não te canses em comunicar-me sua chegada. Eu já sei que ele está na terra. Fui eu a primeira que o vi; não; foi meu coração atemorizado, que adivinhou.

Mas defende a minha causa como se fosse tua.

Estas palavras vão ser-te entregues agora mesmo. Naturalmente, hás de lê-las, tendo o meu algoz a olhar para ti.

Rogo-lhe que digas que eu o detesto hoje mais do que nunca.

Tem coragem, minha irmã e amiga, para arrostar com o espectro que me persegue, ameaçando empolgar-me com suas garras que já uma vez me puseram as carnes em sangue.

Não lhe digas onde eu moro, e seja teu particular empenho em dissuadi-lo de se aproximar de mim e tentar uma reconciliação, que tenho por impossível.

Falta-me tempo e espaço para dizer-te tudo o que meu coração sente há um quarto de hora.

Virgínia manda-te um beijo em despedida; eu mando-te lágrimas.

Tua irmã e amiga

Maurícia."

Quando Eugênia terminou a leitura destas linhas, Bezerra acabava de contar o que se passara entre ele e Albuquerque no engenho. Martins ouvira-o atento. silencioso, sem mudar a vista. Não o conhecia. Era aquela a primeira vez que lhe falava. Quando recebera o seu retrato, enviado do Pará por Maurícia alguns dias depois do casamento, Martins dissera como fisionomista experiente: "Esta cara não é a de um homem de bem". Agora, ouvindo o original falar com ares de contrito, vendo-lhe no rosto estampado certa expressão de quem sentia mágoa íntima, disse consigo: "Neste homem, há, pelo menos, um grande arrependido".

Ângelo sentara-se em uma cadeira de balanço que ficava afastada da mesa, ao lado da qual estavam os dois homens conferenciando. Estava pálido, comovido. Ouvira as últimas palavras de Bezerra, tocantes à sua entrevista com Albuquerque, e conheceu que corria risco o sossego de Maurícia. Isto o consternou por extremo. Mas, que fazer?

— O que mais me está custando é não ver minha mulher e minha filha, observou Bezerra.

Martins ia falar, quando Eugênia, penetrando na sala, disse:

— Maurícia, não sabendo que o senhor estava aqui, retirou-se com Virgínia.

— Retirou-se! - exclamou Bezerra com espanto.

E acrescentou logo:

— É singular. Eu tinha que a má fortuna já me havia deixado de mão; mas, enganei-me; vejo agora que ainda conspira contra mim.

Martins interveio:

— Minha cunhada há de voltar. Veio passar com a irmã o dia dos seus anos, e não é natural que se retire, antes de terminado o dia, sem se despedir de nós.

— Maurícia não volta, acudiu Eugênia. Escreveu-me, dizendo que um súbito mal-estar de Virgínia a obrigara a tornar ao engenho.

Ouvindo estas palavras, não pode Bezerra ocultar o seu desgosto.

— Vejo, Sr. Martins, que minha mulher foge de mim. Mas... perdão! disse, moderando a voz, ao dar com os olhos em Ângelo e Sinhazinha que entrara. Parece que tudo isso se deve antes atribuir a ser inoportuno o momento de apresentar-me do que à recusa formal de um dever. Eu procurarei ocasião oportuna. A casa está em festa, e eu sou de mais entre os que devem tomar parte nela.

— Não é de mais. Fique, disse Martins.

Volvendo os olhos a Eugênia, que se conservava silenciosa, Bezerra respondeu:

— Preciso falar-lhe, Sr. Martins, quando estivermos desacompanhados de qualquer testemunhas. Voltarei, amanhã, e rogo-lhe que indique a hora que lhe parecer mais conveniente para a nossa conferência.

— Venha jantar conosco. Depois do jantar, conversaremos.

No dia seguinte, por ocasião de Martins sentar-se à mesa para almoçar, vieram trazer-lhe uma carta. Era de Maurícia. Dizia:

"Sr. Martins,
Passei a noite em claro,
Não sei como ainda tenho forças para lhe escrever, tal é a prostração em que estou.

Mas a desgraça não tem piedade, não se condói de suas vítimas. Estou resolvida a divorciar-me por justiça.

Venho por isso pedir-lhe que se entenda com algum advogado de sua confiança para defender os meus interesses.

Todas as economias que durante estes três últimos anos pude realizar ficam à sua disposição para qualquer despesa com a causa.

Eugênia que não se esqueça de mim.

Sua cunhada e amiga"

Maurícia Martins, passando a carta à mulher que estava sentada a seu lado, disse, não sem desgosto.

— Isto não pode ir assim.

Eugênia leu a carta, e não quis almoçar. A tristeza estendia sobre o seu rosto a sombra que a acompanha, destruidora de todo o viço e brilho com que a tranquilidade, que é quase felicidade, esmalta os semblantes, ainda os menos frescos.

Bezerra não faltou ao prazo dado.

Às quatro horas, sentaram-se ele e Martins ao pé do salgueiro.

— Minha cunhada recusa voltar à vida conjugal, disse Martins, sem mais preâmbulos.

— O senhor tem fundamento para dizer-me isto? - perguntou Bezerra.

— Ela escreveu-me.

— Eu não podia esperar que ela estivesse em outro ânimo; mas nesta importante questão, Sr. Martins, o que deve merece maior peso não é a fantasia de minha mulher, são certos interesses, que não podem ficar expostos a graves prejuízos. Eu desejo, antes de tudo, saber qual é a sua opinião sobre este assunto.

— Não tenho ainda juízo formado a semelhante respeito. Meu desejo é o mais natural possível; é, por isso, trivial. Eu quisera que cessasse todo o motivo de repugnância, que traz o senhor e minha cunhada separados; quisera que voltassem a viver como cônjuges de condição distinta. Mas sua mulher insiste em não querer tornar à sua companhia, e dá razões em que assenta a recusa. Foi antes sua vítima do que sua mulher; antes escrava do que vítima, o que quer dizer que foi vítima duas vezes.

— Não foi tanto assim;

— Ela o diz; eu de nada sei, a não ser o que ela conta.

— O que ela sofreu muitas pessoas que moravam no Pará poderão atestar em qualquer tempo que seja preciso.

Estas palavras foram ditas por Eugênia, que viera tomar parte na conferência.

Em seu rosto, ordinariamente banhado em franca expressão de jovialidade, não se via impressa somente a tristeza que de manhã trazia, mas também certos tons de desgosto, que equivaliam às primeiras manifestações do ódio incipiente. Que coração, por grande que seja, não será capaz de acender-se em paixões hostis diante do sacrifício de um dos seus primeiros afetos? Bezerra não se demorou em confutar aquele pensamento.

— Há muitos difamadores e intrigantes por toda a parte. Eu não nego o que na família de minha mulher ninguém ignora; Não fui mau nos primeiros tempos depois do meu casamento; o que tive foi pouco juízo. Maurícia era por esse tempo muito moça, e não tinha mais juízo do que eu.

— Minha irmã - acudiu Eugênia, atalhando a proposição de Bezerra - sempre foi muito ajuizada.

— Em minha companhia - prosseguiu Bezerra - deu provas de caprichosa e tenaz. Contrariou por diversas vezes minhas determinações; alimentou, em lugar de apagar, o incêndio que as minhas pequeninas loucuras acenderam entre nós. Mas depois e uma separação de três anos, depois do que eu e ela temos sofrido, depois de sua resignação e do meu arrependimento, que razão poderá justificar a sua tenacidade em permanecer fora da única companhia digna da mulher casada - a do seu marido?

— Quem é que pode assegurar que a antiga desarmonia não se renove?

— Estou pobre, e já passei da metade da vida. Sinto em mim moderadas, senão extintas, todas as paixões que me exaltavam a imaginação, e me incitavam outro do que fui. Demais, tenho uma filha moça, e o dever de tratar do seu futuro.

A vida, que passara nos últimos tempos, cheia de peripécias, variada em episódios, atravessada de dificuldades, curtida de desgostos, desenvolvera em Bezerra o espírito, apurara as suas faculdades, e do que era uma habilidade comum fizera quase um talento.

Bezerra não se apartou mais da conferência. Aduziu várias e abundantes considerações para provar a alta conveniência que o termo do escândalo devia trazer. Falou com tanta fecúndia que chegou a comover Eugênia, e a abalar a opinião que tinha dele Martins. Foi fatal aquela tarde para Maurícia. No mesmo dia recebeu ela esta carta que Martins ditara e Eugênia escrevera.

"Minha irmã do coração

Acaba de sair daqui teu marido, que jantou conosco.

Depois do jantar, sentou-se com Martins junto do salgueiro, e começou a contar a sua história.

Quanto tem sofrido aquele pobre homem! Não o avalias.

Não nos ocultou a menor circunstância da sua vida... As faltas, os erros, as culpas tudo nos referiu, pedindo perdões. Coitado! É digno de compaixão.

Eu, que estava muito prevenida contra ele, e que entrei na conversação, sem que ele o esperasse, inteiramente resolvida a combater tudo o que ele dissesse, não pude deixar de mudar de opinião quando lhe ouvi a relação dos seus infortúnios.

Não te agastes comigo, minha querida irmã, pelo que vou dizer.

A minha opinião é que teu marido tem padecido muito mais que tu, tem padecido doenças, desamparos, desprezos, e até prisões; e, pelo que diz, está inteiramente arrependido dos males que te deu a sofrer, e deliberado a não ter dora em diante senão extremos de amor para ti e tua filha.

Não sou suspeita neste assunto. Bem sabes quanto eu detestava o homem que foi a causa dos maiores desgostos que temos curtido na família, depois da morte de nossos pais.

Mas ele mostrou-se tão contrito, que só merece que o acolhas de novo ao teu coração.

Por que não hás de viver com o teu marido, quando é ele que te procura? Eu sei que tu estás muito bem aí; que na casa onde estás todos te estimam; mas lá diz o ditado - Casa alheia, brasa no seio.

Tem paciência, Maurícia. Sou mais velha do que tu, posso aconselhar-te. Torna de novo a ter casa.

Não irás para longe; por isso há de ter-nos sempre a teu lado para velarmos pela tua segurança e pelo teu sossego.

Se não me sentisse um pouco adoentada desde a noite dos meus anos, metia-me num carro e ia abraçar-te.

Adeus. Até breve.

Recebe afagos e saudades de

Tua irmã e amiga

Eugênia"

Ainda bem Maurícia não tinha concluído a leitura destas linhas, quando um moleque lhe anunciava, por parte de Albuquerque a visita de Bezerra.

Maurícia levantou-se quase louca.

— Dize-lhe que não lhe falo, que não lhe quero falar - disse pálida, trêmula, sentindo-se próxima do desespero.

E trancando-se por dentro, recomeçou a leitura mal concluída da carta que lhe dava tanto que sofrer.

Depois de algum tempo, um pensamento sinistro atravessou-lhe o espírito, já combatido por tantos sopros da tormenta que se desencadeara sobre a sua cabeça.

E Virgínia?! - exclamou sobressaltada, ligando este nome querido à ordem de ideias que lhe tumultuavam em confusão e tropel no entendimento. Se ele lembrar de roubar-me Virgínia, o que será de mim? Nem quero pensar nisso.

Incontinente correu à porta, abriu-a violentamente, e atirou-se à escada, que ia ter na sala de jantar. Ainda não tinha descido os primeiros degraus, quando ouviu soluçar uma pessoa que subia. Era Virgínia.

— Mamãe! Mamãe! - dizia por entre lágrimas a menina.

Diante deste inopinado espetáculo, aflição íntima da desventurada mãe teve tréguas. Maurícia esqueceu tudo o que se referia especialmente a si, para só inquirir a causa ainda ignorada do pranto da filha.

— Que te aconteceu, Virgínia, que te aconteceu? - repetiu uma, duas e mais vezes, como em delírio.

— Está tudo acabado, mamãe! Meu Deus, meu Deus, como poderei viver sem Paulo?

— Sem Paulo? perguntou Maurícia cada vez mais dolorosamente surpreendida. Mas o que foi? Aconteceu-lhe algum desastre? Morreu? Casaram-no com outra?
— Querem privar-me de Paulo?
— Quem? Quem? Oh, meu Deus, se alguém se atrevesse a tentar contra a tua felicidade, eu teria para quem o tentasse, fosse homem ou mulher, todas as armas que o meu esforço e condição podem forjar. Como foi isso, Virgínia! Conta-me tudo.
— Mamãe! Mamãe! Oh, como me custa dizer o que ouvi.
— E que foi que ouviste? Quero saber o que foi. Não sei o que se passou, mas quase adivinho. Não esteve aí um homem, que diz ser teu pai? Foi ele que te ameaçou com a desgraça, não é verdade? Cedo começa o monstro.

A menina soluçava e as lágrimas teimosas e abundantes embargavam-lhe a voz.

Todavia, pode, dominando a sua impressão, referir o que se passara na sala de visitas.

— Meu pai abraçou-me, e deu-me um beijo na face. Então, o Sr. Albuquerque lhe disse que ele voltasse em outro dia, que havia de ser mais feliz na sua visita. Tanto que meu pai saiu, o Sr. Albuquerque dirigiu-me estas palavras: "Virgínia, se sua mãe não voltar para a companhia de sua pai, Paulo não casará com você. Eu não tenho meu filho para a filha de uma mulher que teima em viver separada do marido e lhe dá as costas quando ele a procura. Suba, e diga à sua mãe que a sua felicidade, Virgínia, está dependendo dela. Sem o preenchimento desta condição - a de restabelecer a união conjugal, poderá ser ainda por algum tempo a mestra de minha filha, mas nunca há de ser a sogra do meu filho." Ele entrou no gabinete, e eu subi, mamãe, para lhe pedir, pela alma dos meus avós, que não seja a causadora da minha desgraça.

Maurícia esteve um instante sem dizer palavra. Era cruel a colisão que se apresentava ao seu espírito - ou a felicidade de sua filha ou a sua felicidade.

— Não tenho ninguém por mim, disse com amargura. Todos conspiram contra o meu sossego. Meu cunhado, meu protetor, minha própria irmã, minha própria filha, parecem dizer-me nas palavras que me dirigem: "exigimos o teu sacrifício!" Oh, como são cruéis os grilhões que impõem o casamento! Fatal sociedade, em que um há de ser inevitavelmente a vítima do outro!

Ouvindo estas acerbas palavras, que Maurícia proferia entre lágrimas, Virgínia, abraçando-se com ela, disse-lhe ternamente:

— Perdoe-me mamãe. Não chore por meu respeito.

Maurícia soluçava com o rosto entre as mãos.

# IX

Passados alguns momentos, Maurícia enxugou as lágrimas, ergueu a cabeça e volveu à roda de si um olhar a modo de desvairada; era simplesmente perscrutador. Meiga e triste como sempre, tinha Virgínia agora os olhos postos em sua mãe. Esta compreendeu imediatamente o pensamento daquela. Era uma súplica que ela lhe fazia mudamente, mas do íntimo da alma. A tímida menina não se animava a repetir com os lábios as palavras de há pouco, que tinham suscitada à aflita mãe as acerbas expressões indicativas de sua grande pena.

Mas Maurícia, contra o seu costume, teve bastante ânimo para lhe não deferir a súplica.

— O que quer o Sr. Albuquerque é impossível, Virgínia - disse ela resolutamente. Se a tua felicidade depende de ajuntar-me novamente àquele de quem me separei, sentindo nas faces a impressão de uma ameaça e no coração os espinhos de inumeráveis afrontas, então serás infeliz, pobre filha, porque semelhante sacrifício é superior às minhas forças. Não me separei de teu pai por leviana, caprichosa ou desonesta; separei-me por ter conhecido que maior desgraça seria para mim e talvez para ele, continuarmos unidos do que separados. O muito que então padeci está constantemente a pôr-me diante dos olhos o muito que deverei padecer se tornar à sua companhia, na qual não tive uma impressão de verdadeiro prazer que resgatasse as humilhações, as contrariedades, os vexames, os desgostos que me causou, sem dar mostras do menor pesar, antes revelando que se comprazia em ver-me representar o papel de vítima. Tem paciência, minha filha. Deixaremos em poucos dias esta casa. Outra há de ter aberta para nós as suas portas. Não tenho vivido até hoje do meu trabalho? Ele não me há de faltar fora daqui. Tenhamos confiança em nós.

Virgínia, como se acabasse de ouvir a sua sentença de morte, mostrou no rosto dobrada expressão de mágoa íntima. Levantou-se e pegou uma das mãos de sua mãe, que levou aos lábios por certo requinte de ternura.

— E Paulo, mamãe? - interrogou com voz chorosa e comovida.

Nesse momento, bateram à porta do quarto. Virgínia desdeu a volta da chave, e a luz da vela que ardia sobre a mesa a um dos ângulos do aposento esclareceu a face de um homem. Era Albuquerque.

Maurícia foi ao seu encontro. Ele pegou-lhe da mão e conduziu-a para junto da mesa. Sentaram-se aí, tendo ambos nos rostos os tons sombrios do pesar que traziam no espírito. Foi Albuquerque o primeiro que falou.

— Não quis deixar para amanhã o que eu devia dizer-lhe já.
— Estimo muito saber que o senhor dá a devida importância a um acontecimento que parece destinado a influir diretamente na minha vida.
— Que é isto, D. Maurícia? - interrogou o senhor de engenho com ares de quem estranhava o procedimento dela, que dera causa à sua visita. O que foi que tão inesperadamente a compeliu a praticar um ato contrário a todo o seu passado de há três anos? Todos notamos que a senhora, que sempre deu provas de ajuizada, se recusasse a aparecer a seu marido, cuja volta à minha casa fora assentada por mim no pressuposto de que lhe mereceria, quando não a satisfação do seu dever logo que eu chamasse para ele a sua atenção, a prática ao menos de uma delicadeza.
— Neste ponto, o senhor tem razão, e eu peço-lhe desculpa, disse Maurícia. Fui descortês para o senhor, mas não podia deixar de ter semelhante descortesia quando o meu sossego exigia que destruísse imediatamente no espírito do meu marido qualquer esperança de reconciliação que ele alentasse. Eu devia ser cruel para esse homem, embora hoje se considere honrado com o título de meu marido, outrora puro objeto de desprezo. Eu precisava dar uma demonstração decisiva da minha eterna esquivança a quem só esquivança me merece.

Albuquerque não esperava de sua hóspede palavras tão positivas.

— Quanto me parece extraordinário o que acabo de ouvir! - disse. É então certo que a Sra. D. Maurícia insiste na sua recusa? É então certo que a senhora de educação distinta, de moralidade até hoje inatacada, que recebi em minha casa, quando as casas dos seus parentes se lhe mostravam fechadas, umas por não querem eles recebê-la, outras porque não o podiam, está resolvida a deixar-me ficar mal em um empenho em que entrei com a minha honra? Por mais que o diga, não acredito nas suas palavras. Mas não é isto o essencial nesta ponderosa questão. Não é a descortesia, não é o desamor, não é a ingratidão...

— Senhor, atalhou Maurícia, mereço-lhe mais consideração e mais justiça. Sou sua hóspede, é verdade; devo-lhe atenções e gratidão, é certo; mas não pratiquei antes do ato que ainda se discute, nenhum outro que lhe dê o direito de magoar-me gratuitamente, quando já não tenho no meu coração espaço para novas mágoas.

Albuquerque sobresteve durante um momento a esta justa e elevada represália.

— Não se ofenda, observou com moderação; não vim aqui para ofendê-la. Voto-lhe particular estima. Quero vê-la superior a qualquer juízo menos digno. Mas ponhamos de parte estas circunstâncias. Quer a senhora saber ao que dou a primeira importância neste assunto? Não é às relações próximas ou remotas que porventura me liguem a ele; não é à parte com que entre nele a sua pessoa; é ao futuro desta inocente e infeliz menina para quem tenho hoje os sentimentos de pai.

# O sacrifício

Assim falando, o senhor do engenho apontava para Virgínia, que, sem proferir uma só palavra, mas sem perder nenhuma das que se proferiam, tinha os seus lindos e meigos olhos a relancearem inquietos e observadores, ora para Albuquerque, ora para Maurícia; e no que dizia cada um dos dois buscava penetrar o segredo de sua duvidosa sorte.

— Agradeço-lhe o interesse que revela por esta menina que eu considero órfã de pai, tornou Maurícia; mas se o Sr. Albuquerque sente o que diz (e eu não tenho razão para pensar que não sente), por que prolonga uma situação que lhe deve trazer dissabor, e que está em suas mãos extinguir neste momento?

— Em minhas mãos! - exclamou o senhor do engenho com manifesta estranheza. O que está em minhas mãos ou eu já fiz, ou o farei oportunamente. Põe em dúvida o empenho que tenho empregado em trazer a harmonia onde ainda reina contra a minha vontade a desinteligência mantida por uma das duas partes? Queira a senhora renunciar ao seu capricho, que verá amanhã mudada toda esta situação desagradável. Queira-o, que terá em poucos dias casa para morar com seu marido, e ele terá meio de vida pouco rendoso, mas decente. Queira-o, que sua filha dentro em pouco estará amparada e verá o seu futuro inteiramente livre das incertezas que atualmente o escravizam.

— Permita-me fraqueza?

— Pode dizer o que quiser.

— Não vejo razão, Sr. Albuquerque, em fazer depender de um passo que me repugna, porque nele adivinho o meu acabamento, a sorte de minha filha a quem vota sentimentos paternais de que tem dado manifestos testemunhos.

— Não vê razão!

— Que é que tem, senhor, que eu continue separada do meu marido, para que Virgínia não seja digna de Paulo?

Ouvindo tais palavras, Albuquerque franziu os sobrolhos com evidente mostras de desagrado. Neste franzir subira-lhe à face o preconceito de muitos anos. O passado orgulho da família estava ali expresso.

— A senhora teve coragem de me dizer isto? - perguntou ele, inteiramente mudado. Repugna à senhora renunciar a uma opinião pouco justificável e muito prejudicial à sua reputação de discreta e ajuizada; a mim, porém, não deve repugnar, no seu entender, a ligação de meu filho com uma família que, se a alguns pode parecer simplesmente infeliz, pode parecer a outros, por esta mesma infelicidade, inferior a uma aliança sem nota! Vejo que não nos entendemos. Proceda como quiser, minha senhora. Tenha, porém, uma certeza, que Deus queira não lhe seja fatal: se sua filha vier a ser infeliz, não serei eu vítima do remorso que esta eventualidade deve ocasionar.

Albuquerque saiu sem dizer mais uma palavra. Maurícia e Virgínia, também, nada disseram, mas, enquanto a primeira parecia absorta em ocultos e imperscrutáveis pensamentos, a última desafogava em lágrimas e soluços a sua desventura.

45

Seriam oito horas da noite quando um novo personagem foi introduzido no aposento de Maurícia. De todos era o que mais temia. Era Paulo. Trazia no gesto a expressão de indescritível tormento interior. Tanto que ele entrou, Virgínia correu a encontrá-lo; abraçou-se com ele; e confundiu com as lágrimas dele as suas lágrimas.

— É seu pai que quer esta desgraça, Paulo - disse-lhe Maurícia.
— Como tudo se mudou num instante! - respondeu o rapaz. Éramos tão felizes, e de repente a desgraça veio sentar-se entre nós. Meu Deus, eu não hei de ter ânimo para ver esta separação.
— Não havemos de separar-nos, não havemos de separar-nos! - exclamou Virgínia. Paulo, Paulo, eu não posso viver um momento sem você.
— Nem eu sem você, Virgínia.
— Mas se o Sr. Albuquerque assim o quer... - acrescentou Maurícia.
— A senhora não há de sair daqui, D. Maurícia. Não haverá forças humanas que possam tirá-la da casa de meu pai. Seria preciso que eu morresse primeiro. Antes disso, não. Virgínia não sairá daqui!

Estes e outros juramentos, estas e outras exclamações, repetiram-se várias vezes, por entre lágrimas, que confundiam os três personagens de tão comovedora cena.

Às nove horas, vieram chamar Paulo da parte de Albuquerque. Ele começava a condenar aquelas demonstrações.

Querendo D. Carolina repetir com Alice pela quarta ou quinta vez a sua visita ao aposento de Maurícia, a fim de tentar novamente resolvê-la a realizar o que ela recusava por considerar tal realização a prática do seu suicídio, Albuquerque proibiu positivamente que levasse a efeito esta nova tentativa.

— Já não é digno de nós, nem decente qualquer esforço neste sentido.

No outro dia, ainda muito cedo, Paulo subiu ao quarto de Maurícia. Ele tinha passado a noite em claro. Trazia as feições demudadas da longa insônia e das lágrimas choradas.

De fora, disse a Maurícia que lhe queria revelar uma coisa antes de ir para o serviço. Tinha natural explicação esta visita matinal. Ao descer na véspera para o seu dormitório, Faustino, moleque de serviço da casa, muito pegado com Paulo, da sua mesma idade, lhe revelara em segredo uma suspeita que tinha. Parecia-lhe que Maurícia deixaria o engenho naquele dia, depois que Paulo partisse para as lavouras e Albuquerque para a cidade. A suspeita de Faustino tinha racional fundamento. No dia anterior, Maurícia mandara uma carta por ele a certa senhora, que morava na cidade, a qual, ao entregar a resposta, lhe dissera: — "Diga a D. Maurícia que pode vir amanhã sem susto. Há de achar-me com as portas e os braços abertos para recebê-la." Essa senhora - D. Joaquina Vilares - era mãe de uma condiscípula de Maurícia, com a qual tivera boas relações no colégio. A amiga de Maurícia

# O sacrifício

falecera, quando ainda ela estava no Pará; mas, ultimamente, por ocasião de uma reunião familiar em casa de uma amiga comum, Maurícia e D. Joaquina se tinham dado a conhecer. D. Joaquina era viúva, não tinha filhos, e vivia pobremente de fazer doces de carregação. No engenho, ninguém conhecia essas relações.

Paulo, achando jeito no que Faustino lhe dissera, quis voltar imediatamente ao pavimento superior, mas a vontade de seu pai era para ele a mais sagrada das leis. Pôs-se, então, a pensar no que havia de sobrevir-lhe depois da ausência de Virgínia. O pensamento que lhe ocorreu foi o de que não teria forças para sobreviver a semelhante desgraça. Dócil, brando, terno como era, em vão procurou em si espíritos em que se elevar até à altura das circunstâncias. -"Hei de morrer, hei de morrer de desgostos, de saudades" - dissera ele. Para acrescentar o vulto do fantasma que encheu a sua imaginação, antes povoada de risonhas formas em que se refletiam todas as luzes do primeiro amor e se desenhavam todos os sorrisos dos vinte anos inocentes que ainda passaram sobre uma cândida existência, acudiu-lhe à lembrança um fato que muito o impressionara alguns anos antes. O seu professor, talvez para lisonjear o amor-próprio de Albuquerque, se não foi por natural prazer de proporcionar ao discípulo uma lição sã e edificante, escolhera a história de "Paulo e Virgínia" para um livro de leitura. Paulo nunca mais se esqueceu de tão sublime história, e o que nela mais o impressionara fora a morte do seu homônimo - e a morte pelas saudades, pela perda daquela a quem dedicava o seu insigne afeto. Agora todo o poema de Saint-Pierre surgiu-lhe na imaginação como uma ameaça, como um estranho agouro. Mais de uma coincidência aumentou não sem razão os seus supersticiosos pavores. Seu nome, o da menina, a ausência desta eram reais; por que razão não havia de realizar-se e também o de seu acabamento, como o do Paulo da história, que ele julgava tão verdadeira como a sua própria história?

Entrando no quarto de Maurícia, as palavras que proferiu foram estas:
— Virgínia, Virgínia, eu sei que não nos havemos de ver mais.
— Quem lhe disse isto, Paulo? - atalhou Maurícia.
— Quem me disse? Ninguém, mas eu sei que há de ser assim. Eu sei que a senhora deixará hoje o engenho e me levará Virgínia. Não tenho forças para impedir esta separação; quem tem não a quer impedir; o que me resta pois?
— O que lhe resta? Crer no futuro. trabalhar e esperar.
— Então a senhora cuida que sem Virgínia eu poderia trabalhar e esperar? Eu não quero a vida sem Virgínia, não quero viver um momento sem ela.
— Que está dizendo, Paulo? - interrogou Maurícia com sobressalto, que não pode disfarçar.
— E porque não hei de viver muito tempo sem Virgínia, aqui lhe trago o que eu estava ajuntando para lhe dar no dia do meu casamento.

47

Paulo tendo dito tais palavras, apresentou a Maurícia, para que a recebesse, uma caixinha preta sem entalhes e sem relevos.

— Mas o que vem a ser isto?

— Há de achar aqui o dinheiro que há três anos eu guardo. Ele pertence à Virgínia. Para que o quero, se ela me é arrebatada, e eu fico só e triste? Receba este penhor da minha infeliz afeição. Eu não quero nada para mim desde que perco Virgínia para sempre.

— Para sempre! - exclamou banhada de lágrimas a inocente menina. Paulo, Paulo, não diga isto. Não repita estas palavras que não terei forças para as ouvir sem morrer.

Paulo e Virgínia estavam abraçados, e as suas lágrimas pareciam-se com dias fontes que deviam não secar nunca mais.

A luz risonha do sol que nesse momento penetrou no quarto, através dos vidros da janela, veio tirar o rapaz do longo e desalentado amplexo. Em baixo, já se ouviu a voz de Albuquerque. Os negros tinham partido para o serviço.

Era tempo de deixar o aposento.

Paulo pode separar-se de Virgínia, mas não pode ainda suster o pranto. Deu o andar para a porta, procurando encobrir o rosto aos olhos de Maurícia. esta chorava como ele, e tinha como ele, na alma a maior das angústias.

Quando Paulo ia já a desaparecer, Maurícia percorreu com um olhar o âmbito do aposento. Virgínia estava caída com a cabeça entre as mãos sobre a cama, onde curtira durante a noite a sua imensa dor. Seus soluços abafados repercutiram no coração de Maurícia como os ecos de fúnebre surdina. Em presença desta cena angustiosa, ela - a comovida mãe - não pode senhorear o seu sentimento.

Chamou Paulo.

— Paulo, venha cá. Não se entristeça. A tristeza não quadra bem a vocês, meigas crianças. Sua felicidade triunfou. A vencida sou eu. O meu sossego, a minha liberdade, estes imensos bens da vida, este, sim, acabo de perdê-los neste momento. Sobre as suas ruínas levantam vocês o edifício de sua ventura, que Deus há de abençoar. Sustenham as lágrimas. Seja eu a única pessoa que nunca as tenha estanques senão na sepultura. Leve consigo as suas economias, e diga a seu pai que estou resolvida a reconciliar-me com o pai de Virgínia. Não posso mais resistir.

Paulo e Virgínia, por impulso simultâneo, difícil de explicar-se, mas fácil de compreender-se, correram a abraçar aquela que tinha o poder de os fazer chorar e de os fazer sorrir como se fora uma divindade misteriosa e fatal.

## X

m vão, esperou Ângelo que Maurícia lhe escrevesse, pedindo-lhe o auxílio dos seus serviços, segundo ajustado entre eles. Decorrera já uma semana depois da festa que os reunira em casa de Martins. Era tempo bastante para uma resolução. Mas o silêncio de Maurícia sobre o prometido era absoluto.

Indo no domingo à casa do amigo, foi sabedor dos meios empregados por ele, Albuquerque e Eugênia para induzirem a mãe de Virgínia a dar o passo que ela condenava. Eugênia contou-lhe as coisas pelo miúdo; repetiu-lhe trechos da carta que escrevera à irmã; os mais decisivos ela os tinha de memória, e fácil por isso lhe foi reproduzi-los. Não era, porém, ainda conhecida a última resolução de Maurícia, e os parentes desta mostravam-se inquietos e apreensivos. Em sua opinião ela havia de usar a maior tenacidade, antes de decidir-se pela solução que eles indicavam e tinham por justa e conveniente.

Ângelo não pode ocultar o seu espanto ao vê-los assim mudados. Pediram o seu parecer sobre o ponderoso objeto que os trazia preocupados; ele habilmente fugiu de se declarar a semelhante respeito.

Voltou à casa inteiramente entregue ao seu violento afeto, mau conselheiro, mas absoluto senhor das suas ações. D. Rosalina conheceu-lhe a diferença, e atribuindo o estado da excitação moral, que notou no sobrinho, a uma paixão passageira tão comum na mocidade, dirigiu-lhe gracejos para os quais ele só teve em resposta o silêncio.

Ângelo inclinou-se sobre a chaise-longue, que tinha no seu quarto, ao pé da janela que dava para o jardim. Seus olhos azulados volveram-se para o arvoredo contíguo em demanda de uma ideia decisiva. Os raios de sol ajudados da viração brincavam coma folhagem dos cajueiros e das mangueiras, vertendo sobre a solidão os vivos tons da sua luz. Havia aí serenidade e paz, que contrastavam com o desvairado da vista e o revolto dos pensamentos do bacharel. Este contraste foi uma como advertência para que no fogo do seu cérebro, e não na suave tepidez da Natureza buscasse ele caminho por onde devia dirigir-se o próximo e inevitável abismo.

De feito, o caminho, para não dizer os desvios, por onde a razão se perde em demanda do desconhecido, depressa se lhe mostrou, não coberto de puas traiçoeiras e mortais, mas juncado de rosas esquisitas, que a sua imaginação tingia com as cores afogueadas da sua exaltação.

Passados alguns instantes, Ângelo levantou-se. Tinha tomado uma resolução. Ao pé da estante, que olhava para o jardim, estava o baú onde era guardada a sua roupa branca. Ângelo abriu-o, tirou de dentro uma caixinha de pau-cetim, e de dentro vários bilhetes de banco. Eram as suas economias. Contou-os um por um. "É pouco, disse consigo, mas basta para as despesas urgentes". Tirou alguns desses bilhetes, que meteu na carteira, e guardou o restante no lugar onde estavam antes.

Sentou-se depois à mesa de estudo, e escreveu uma longa carta à Maurícia. A pena correra no papel nervosamente. Nessa carta, havia um poema ou antes um corpo de delito; mas os seus olhos não viram nela o delito, senão a poesia, que o coração em febre vertia como revelação de altos intuitos.

— Maurícia irá comigo, disse ele, terminando a leitura da carta. Havemos de ser felizes. Meu pai e minha mãe hão de ficar satisfeitos de me ver voltar. Dir-lhe-eis que Maurícia vai refugiar-se no seio deles para escapar à sanha de um tirano; que é parenta de um meu amigo; que merece a benevolência das suas almas carinhosas. A intimidade há de proporcionar-lhe ocasião de reconhecerem as insignes qualidades das suas hóspedes. Hão de ter para Maurícia e Virgínia paternais solicitudes. Não haverá nisso nada que se possa estranhar. Albuquerque não as recebeu em casa, não as trata como pessoas da família?

Era evidente a exaltação cerebral do advogado.

Ao sair, disse a D. Rosalina que não esperasse por ele para jantar. Disse mais que devia voltar de noite; que tinha saudades dos pais; que talvez, muito breve, realizasse uma viagem à povoação, onde moravam. Três horas depois, tinha contratado com um barcaceiro da sua confiança uma viagem àquela povoação para qualquer dos próximos dias.

Ângelo delirava. O seu talento enfraquecia e deixava se vencer na luta com o seu amor. Não podia ser diferente o resultado dessa luta, visto que ele tinha o coração virgem, e aquele amor era o primeiro que aí despertava. Posto que poeta, nenhuma das belezas humildes da povoação o apaixonara no meio dos passados dissabores. Alguma vez em que os seus afetos, quase afogados nas ondas do infortúnio, sobrenadavam como náufragos, e demandavam região hospitaleira, onde aportarem, esse região não era o amor; a mulher não era o fanal que surdia diante dos olhos do desnorteado, prestes a submergir-se no iroso pélago; o seu fanal era a Natureza, para qual o náufrago se voltava com confiança que não se divide, antes se concentra em um ponto único.

Ângelo fora do Recife, onde se acostumara a ver mulheres de sedutora beleza, que ostentavam, com suas graças naturais, os ouropéis do luxo e as galas com que a vaidade se alimenta.

Em lugar dessa divindade rutilante, que devesse à arte do toucador a metade dos seus primores e milagres, ele fora achar na praia longínqua e pobre a filha do pescador com seu vestidinho curto e estreito, as chinelas grosseiras, o cabelo desleixadamente atado, uma flor entre as tranças, uma fita na cinta. Convivendo com os pescadores, ouvira referir-se ás novenas na capela, aos fandangos, aos bois, tradicionais brinquedos com que se costumam celebrar o Natal por aquelas praias, onde ainda se observam muitos dos hábitos do tempo do rei velho.

Nenhuma dessas belezas rústicas lhe falara, como as jovens praianas das representações teatrais, dos bailes ruidosos, das festas esplêndidas, que ele, mau grado seu, não podia esquecer no meio dos seus desgostos, e cuja lembrança, avivando--lhe a dor de as haver perdido, mais aumentava a intensidade deles. Então, quase descrente, o espírito fatigado de procurar em vão ídolo para seu culto, o coração ermo de amor e só povoado de sombras que aí projetavam as asas negras do infortúnio, voltava-se aos painéis da Natureza, e em contemplá-los achava força e alentos afim de não morrer de todo. Eis porque tornado ao Recife, trouxera a alma desacompanhada, sincera e impressionável.

Às cinco horas da tarde, Ângelo entrou na Estrada Nova. Alugara um cavalo na melhor cocheira do Recife e seguira amparado das primeiras sombras da noite, manto protetor dos namorados.

Era levado ali pela intenção de encontrar-se com Maurícia; mas, podendo acontecer que tal encontro se não realizasse, conduzia a carta que sabemos, e que ele esperava ter meios seguros de fazer que fosse entregue. Não são difíceis nos engenhos mensageiros dos que este serviço requeira.

O engenho ficava antes da povoação; mas Ângelo, ou porque havia ainda muito ar de dia ou porque imaginasse que podia encontrar Maurícia no povoado, passou pelo engenho, e foi parar à porta de uma cocheira, onde devia deixar o cavalo, a fim de ser menos ruidosa a sua excursão.

Ainda nenhum namorado foi melhor favorecido pelo acaso do que o bacharel neste arriscado passo. Mal descavalgava, um vulto simpático, em que ele imediatamente reconheceu Maurícia, passava pelo outro lado da estrada. A cocheira estava na última casa da rua, e entre ela e o engenho metia-se uma centena de braças. Este espaço era despovoado, e ordinariamente deserto. De certo ponto em diante, começava o cercado. Passadas obras de cinquenta braças, era a pesada porteira. Os espaços que ficavam desta para o Recife e para Caxangá eram numa parte descobertos, mas em outras apresentavam-se protegidos por árvores sombrias.

Maurícia tinha saído a visitar uma discípula que morava no povoado. Era sempre acompanhada de Virgínia que ela se dirigia ao Caxangá para tomar lição a várias alunas que ali tinha; mas Virgínia saíra a passeio com Alice e Paulo para as bandas de Apicucos, quando lhe vieram dizer que aquela discípula estava doente. Os dias que se tinham passado depois das cenas representadas nos aposentos de Maurícia, esta os vivera na mais acerba tristeza. Comunicada a sua heroica resolução a Albuquerque, ela não descera mais do sobrado senão para as refeições. Não tinha olhos, não tinha alma, senão para ver interiormente a sua desventura, e pensar na incerteza do seu destino. Quando uma semana antes voltara da estrada de João de Barros, o pensamento que prevalecia entre outros muitos que lhe tumultuavam no entendimento era o de sacrificar todas as conveniências à manutenção da sua independência. Evidentemente, esta criatura estava fora do seu natural, quando não se dirigia por si mesma, quando era obrigada a aceitar o governo estranho para seus atos. Conhecendo o que valia, viera resoluta a defender a sua liberdade. Seu amor incipiente, mas já grande, fortificara-a neste intento e chegara a inspirar-lhe a carta que escreveu a Martins. Mas as circunstâncias tinham sido mais poderosas do que a sua vontade, tinham imposto cruelmente ao seu espírito a solução que ela mais temia, e que considerava a mais contrária ao seu futuro sossego.

Este golpe enfraqueceu as suas faculdades. Sobreviera o desânimo, e em consequência o isolamento. O piano, termômetro do estado dos seu afetos, tornara-se silencioso. Enfim, Maurícia caíra nessa atonia moral, que parece indicar um estado mórbido do espírito, quando não passa de uma lenta consunção do coração. Mas aquela tarde uma como reação, proveniente talvez da impressão que produzia nela a notícia de estar enferma aquela amiga para quem tinha grandes preferências, viera dar-lhe novos alentos.

Se tal não foi a razão do seu procedimento, teve este por origem motivo diverso, mas correlativo. Bezerra, depois da última visita, por ocasião da qual Maurícia se negara a aparecer-lhe, não tornara ao engenho. Maurícia suspeitou que ele viria aquela tarde; e, pois não tinha ainda as forças que semelhante recepção exigia, aproveitou-se da aludida circunstância, no pressuposto, talvez falso, de diminuir uma dor que o espaçamento antes aumentava. O capricho natural da mulher, achou, então, ocasião para exercitar seu predomínio. Maurícia escolheu um dos seus melhores vestidos. Ao cabelo, que há três dias andava quase despenteado, deu ela forma graciosa que, ostentando a sua opulência, lhe deixou livre a ampla fronte, e descoberto o pescoço claro e esbelto. Maurícia estava encantadora.

Ângelo alcançou-a tanto que ela entrou na quadra deserta do caminho.

— Não podendo esquecer-me da senhora, vim pessoalmente receber suas ordens.

Maurícia não soube a princípio o que dizer. A sua surpresa fora grande. Confusão de prazer e descontentamento, de confiança e temor foi a primeira impressão do seu gesto, que ela não pode ocultar.

— Como eu estava longe de esperá-lo por aqui! - disse revelando com franqueza toda a sua violenta impressão.

A esse tempo Ângelo tinha-lhe oferecido o braço, e caminhavam juntos.

— Sabendo que todos aqueles de quem a senhora devia esperar auxílio tinha tomado o partido de seu marido, julguei do meu dever vir oferecer-lhe os meus serviços. Está tudo pronto. A viagem já está contratada. Nada nos há de faltar. Embarcaremos hoje mesmo, se o quiser. Tenha confiança em mim. Meu coração está com a senhora. Defendê-la-ei em toda parte. Sacrificar-me-ei, se tanto for preciso, por lhe ser agradável. Oh! nada me agradeça, nada me agradeça. Nada me deve. Eu, sim, tudo lhe devo. Não obstante as apreensões, as preocupações que me dominaram durante esta semana. tenho vivido mais nestes últimos dias do que vivi em todos os meus vinte e dois anos. Não percamos tempo. A senhora não tem uma pessoa por si, a não ser eu. Se se demorar mais um dia no engenho, já não lhe será possível, talvez, escapar, às garras de seu marido.

Para que Maurícia ajuizasse do estado moral do bacharel não era preciso mais do que acabava de ouvir. Estas palavra veementes e desconexas acusavam tal excitação em seu amigo que produziam nela certa impressão de pavor. Conheceu que a paixão que inspirara a Ângelo tinha nascido com força descomunal como a criança mitológica que sufocava no berço as serpentes. Esta grandeza lisonjeou o seu amor próprio, e, ao mesmo tempo, assustou-a. A lembrança da sua última resolução, ela ainda a trazia na memória como sombra agoureira, e foi motivo para que os seus temores aumentasse ainda mais. Procurou em si forças para revelar-lhe esta decisão, e não as encontrou. Que não faria Ângelo, quando fosse sabedor de semelhante desenlace, que importava o aniquilamento da fé imensa que enchia os eu espírito e dava ao seu afeto as proporções de um poder sobrenatural?

Maurícia não teve coragem para derruir com algumas palavras o risonho castelo que o poeta levantara no coração.

"Não serei eu, disse ela consigo, repassada em amargura, não serei eu quem destrua este grande amor, esplêndida ilusão, que é obra minha; que eu própria gerei."

Obedecendo a esta ordem de ideias, julgou prudente ocultar a verdade; e o fez, dando nova direção ao pensamento capital da prática encetada por Ângelo.

— Senhor, eu não posso deixar de agradecer-lhe tanta solicitude.

— Por que não dá o devido nome ao que chama de solicitude? Por que não lhe chama antes de amor?

— Tem razão. Posso eu ser indiferente a estas demonstrações do amor, que me vota? Este amor me cativa. Dá-me prazer e orgulho. Nunca tive quem manifestasse tão afervorado afeto por mim. Encontro, enfim, a felicidade no meio da maior desventura. Não o duvide: a desventura é o meu estado atual, não obstante a grandeza que seu coração me oferece, e que é um tesouro que não tem preço. Mas o que o senhor propõe é atualmente impossível. Para escapar a companhia do meu marido há meios mais convenientes do que a fuga. Martins não lhe disse que eu lhe falara de divorciar-me por justiça.

— Neste sentido, nada me disse; mas para que há de pedir a senhora aos tribunais a separação que já uma vez levou a efeito, e se pode realizar agora mesmo sem intervenção de ninguém?

— Não concorramos para um resultado que a precipitação pode tornar fatal.

— Não há precipitação. Uma carruagem poderá vir em menos de meia hora receber a senhora e D. Virgínia, e conduzi-las para o lugar do embarque. Ao amanhecer, estaremos longe, e dentro de trinta horas poderemos aportar no cantinho feliz, onde tenho meus pais que hão de receber-nos com o mais vivo contentamento, como se todos fôssemos seus filhos.

Tinham chegado a certo ponto, onde a estrada formava um ângulo. Havia aí uma grande árvore. A estrada estava deserta. As sombras da noite estendiam-se rapidamente. A paisagem parecia lançar nos espíritos vagas confianças, misturadas de pavores - contradição gerada pela luz que fugia e pelas sombras que adiantavam.

Diante dessa natureza, que era uma incitação muda, posto que irresistível, ao que as paixões oferecem veemente e embriagante, Ângelo parou tomado de delicioso sentir.

Pegando as mãos de Maurícia, pousou nela os olhos que despediam grandes brilhos azulados como as estrelas. Maurícia estava pálida e abalada. Nada disse. Recebeu, não sem prazer, na face o fulgor dessa inspeção, que o bacharel parecia querer levar-lhe no íntimo da alma.

— Por que não aceita os meus serviços? Que pretextos são estes? Enquanto eu me sinto capaz de levar a efeito impossíveis para tê-la comigo, a senhora levanta escusas frívolas. É manifesta a causa de tais escusas. Cuidei que lhe merecia um afeto, mas o que a senhora sente por mim é simples curiosidade. Quer ver talvez, até onde irá o delírio de uma alma que teve a desgraça de se deixar vencer pelo esplendor de sua beleza.

Maurícia demorou-se um momento a dar-lhe a resposta. Parecia ter a voz presa e a respiração opressa.

— Como é injusto! o disse enfim. Não são escusas frívolas que levanto, são justas razões que aconselham a sermos prudentes; Que ideia daríamos de nós, se fugíssemos assim? E por que havemos de fugir? O senhor já refletiu maduramente na grave situação em que ficaria Virgínia, se realizássemos semelhante loucura?

— Chama a isso de loucura? - inquiriu Ângelo, sentindo as mãos geladas e trêmulas.

— E que nome se deve dar a tão arriscado plano?

— Diz a verdade - tornou o bacharel. Que sou, eu, senão um louco? Sinto que a razão se me desvaira; mas é à senhora que devo tal desvairamento; devo-o aos seus olhares magnéticos, à majestade das suas graças, ao brilho do seu talento. A senhora escravizou-me, e agora quer cortar o voo da paixão que é obra sua, e que de suas mãos recebeu o impulso, que me atira para o imprevisto! Seja cordata e justa. A senhora deve acompanhar-me nesta vertigem, que pôs em minha alma, e cuja responsabilidade lhe pertence em sua maior parte.

— Acompanhá-lo-ei oportunamente. Agora, não. É impossível. Não vejo nisto indício de desamor. Como eu seria feliz, se pudesse ser desamorosa! Não duvide do meu amor; duvide da oportunidade das circunstâncias; duvide da conveniência deste modo de resolver uma dificuldade que é um laço de ferro, que me prende por toda a vida àquele que a fatalidade pôs no meu caminho para apavorar os meus sorrisos, e afugentar a chuva de flores em que se banhava a minha mocidade. Não duvide de mim. Escute. As minhas circunstâncias são melindrosas. Quem sabe o que neste momento não se estará pensando a meu respeito ao notar-se a minha ausência? Faço um apelo ao seu critério. Entreguemos ao futuro os nossos destinos. Terá coragem o senhor para proceder de modo diferente. Não há de ter. Volte à sua casa. Teremos ocasião de nos entendermos sobre este assunto.

— Poderei levar pelo menos a certeza que lhe mereço o seu afeto? - perguntou Ângelo, compreendendo tardiamente que urgia sair de tão arriscada situação.

Maurícia fitou-o com os seus grandes olhos deslumbrantes. O ardente colóquio com o bacharel tinha-lhe trazido um resultado não isento de perigos; as paixões que repousavam silenciosas no fundo da sua alma, ela as sentiu erguerem-se vivazes como nos primeiros anos da mocidade.

— Pode - respondeu com voz tímida.

Ângelo apertou-a contra si e deu-lhe um longo beijo a que ela não opôs nenhuma resistência.

As paixões de Maurícia tinham de feito despertado.

# XI

Separaram-se alguns passos antes da porteira. Ângelo para volver à povoação imersa no seu habitual silêncio, Maurícia para ocultar no fundo do aposento, tão cuidadosamente que ninguém o suspeitasse, a deleitosa revolução que lhe deixava na alma o beijo do bacharel.

— Meu Deus, que será de mim? - disse ela como quem sentia à roda de si, ameaçando perdê-la, todos os perigos que cercam os amores ilícitos. Como é violenta a sua paixão por mim! E como eu ao amo! Oh! que desgraça, que desgraça, meu Deus!

Maurícia mal podia dominar o esto das suas paixões, acesas de repente, quando elas as julgava cinzas.

— Meu coração ainda vice, por infelicidade minha! E devo eu matá-lo? Devo, sim, a felicidade de Virgínia exige-o. Devo asfixiá-lo com as duas mãos para que depressa expire. Mas qual será o meu estado depois da morte deste sentimento, que veio revelar-me tesouros de delícia íntima que me eram inteiramente desconhecidos? Que infortúnio não foi para mim ver esse homem!

Deste solilóquio, meio racional, meio desvairado, despertou-a o estrondo produzido pelo bater da porteira.

Havia já um minuto que ela andava dentro do cercado. Neste momento, confrontava com uma palhoça abandonada que pertencera a certo negro velho do engenho, e que ficava entre dois cajueiros ramalhudos à beira do caminho.

Maurícia, voltando-se, reconheceu Bezerra num homem que transpusera a porteira e se encaminhava para a casa-grande. Ainda assustada, ainda comovida, ela não hesitou um momento. Entrou na palhoça com medo de ser alcançada por ele.

No mesmo instante, uma mulher que saíra de sob uma meia água coberta de palha cerca de cem passos antes da casa-grande, encaminhou-se para a porteira. Essa meia água estava algum tanto afastada do caminho e quase oculta por uma renque de laranjeiras idosas, que iam terminar na casa de purgar. Cobria a cacimba, onde se lavava a roupa do engenho e dos moradores circunvizinhos. Ordinariamente, havia gente ali; quando não eram escravas, eram mulheres livres dos arredores, que, com permissão de Albuquerque, iam exercer ali, por ser mais fácil, a sua indústria. Às vezes, entre elas, apareciam rapariguinhas novas, algumas bem parecidas e gentis, a cujo número pertencia uma cachopa cor de canela, de cabelos cacheados ao longe, olhos rasgados, boca grande, mas engraçada, formas grosseiras e fornidas. O rapazio do povoado andava caído por ela. Falava-se entre o povo na filha da cabocla Januária - a formosa Janoca - como nos salões de Recife se falava da filha do comendador M..., na sobrinha do Barão de L..., ou na irmão do D. F..., a saber, com admiração e elogios. Januária morava perto do engenho, mas do lado de fora do cercado. Passava a vida desregrada, dando maus exemplos para a filha, para a qual não tinha cuidados de que ela precisava pelos seus verdes anos. Muitas vezes, ia ao Recife, deixando a rapariga a lavar roupa na palhoça, entregue a Deus e à aventura. Nesse dia, com ser domingo, Janoca voltava ao lusco-fusco da meia água para casa; Sobraçava uma trouxa der roupa lavada. Vinha distraída, ou pensando em oculto objeto.

Nem ela, nem Bezerra viram Maurícia, porque encontrando-se bem defronte a choupana arruinada, alimentaram curiosos diálogo, que Bezerra certamente não quisera fosse ouvido por sua mulher.

A rapariga, com certo disfarce cínico, foi a primeira que o tirou a terreiro.

— Vosmecê bem me podia dar um vestido para o Espírito Santo.

— Não é a primeira vez que me dizes isto, diabrete! Por que achas de te meter comigo, quando há por aí tanto rapaz que pode corresponder às tuas poucas vergonhas?

— Aqui só há dois rapazes que me caíram em graça; mas um, que podia, não quer e até parece não entender disto; vive somente para a sua noiva; é o Sr. Paulo. O outro quer, mas não pode. É o caixeiro da venda do canto da rua.

— Pois procura outros, que hás de achar. Não vês que sou velho, que já tenho cabelos brancos?

Assim falando, Bezerra volveu os olhos à roda de si como quem queria certificar-se de que ninguém o via a conversar com a cachopa.

— Não se assuste. As moças do engenho saíram a passear com seu Paulo; os negros andam vadiando na povoação. Até mamãe foi ao Recife e me deixou só.

— E eu também te deixo aí.

Bezerra deu o andar para o engenho. Janoca, que ficara de pé, defronte da palhoça abandonada, disse com voz lamuriosa:

— Por que não me dá o vestido que peço? É uma coisa tão pequena para o senhor!

A estas vozes, Bezerra voltou-se. Janoca tinha um pé firma no chão e o outro posto sobre o cotovelo de um dos cajueiros, o qual ficava na altura dos joelhos de uma pessoa. A saia, já de si curta, lhe descobria, pela atitude em que estava a rapariga, o princípio de uma perna alentada sobre a qual ela se derreava sobraçando a trouxa. A cabeça guarnecida de cachos, os seios salientes, o corpo, que parecia não caber no cabeção e na saia escassa, levemente encurvado sobre o dorso, davam-lhe certos jeitos e certa nudez de ninfa, que o lugar ermo e a hora crepuscular armavam com mil perigos.

— Que diabo irritante! - disse Bezerra.

E não pode vencer a provocação. Voltou.

— O senhor sabe onde moro? É ali embaixo. Se não quiser ir mesmo, pode mandar para lá o vestido que mamãe recebe. Olhe, a casa é ali à mão direita depois e passar a porteira.
Janoca deu o andar.
— Se quer ver a casa, venha comigo. Não tenha medo, que ninguém há de nos ver.
— Sempre quero saber onde é que tens o teu inferno, demônio! - disse Bezerra, seguindo atrás da rapariga.
Bezerra tinha a infelicidade de sentir particular predileção por esta espécie de gente. Uma mestiça, quase da mesma idade de Janoca, levara-o a praticar loucuras no Pará alguns meses antes; uma fora causadora de grandes desastres em sua vida.
Testemunhando essas trivialidades indignas, Maurícia passou da suprema satisfação à suprema pena. A transição foi rápida e cruel. A exaltação em que estava favoreceu este resultado. Ódio e asco sentia ela pelo marido, que nunca se mostrara digno de sua companhia; mas, nesse momento, pungiu-lhe o coração, além de tais sentimentos, outro que nunca lhe parecera pudesse inspirar-lhe o objeto deles - um ciúme inexplicável, incompreensível, paixão nova que pela primeira vez penetrou nas carnes do seu coração as aceradas garras.
Através da palha da casa e por entre as sombras do crepúsculo, Maurícia viu o marido usar adiante um gesto que cada vez aguçou mais a ponta do espinho que já a lacerava. Bezerra, olhando, como quem espreitava, a um e a outro lado, passou o braço direito à roda da cintura da mestiça, e cosido com ela lhe segredou ao ouvido palavras que a mulher não pode ouvir, mas supôs adivinhar.
— É o mesmo homem! - disse Maurícia com entranhável dor no coração. mas se é o mesmo que dantes, deverei acaso voltar à sua companhia para ser espectadora de mais uma cena destas?
Desejara ouvir tudo; desejara ir atrás dele, pé ante pé, ainda que isto lhe parecesse pouco digno de si, para não perder uma só palavra dessa conversação indecente; mas semelhante intento era irrealizável; demais urgia deixar o esconderijo. Saiu cautelosamente. Estava quase fora de si.
Tanto que se viu do lado de fora, correu tão velozmente como pode, até alcançar o laranjal. Protegida por este e estugando sempre os passos, chegou a dentro em pouco tempo à casa do engenho.
Estava pálida, fria e trêmula. O seu coração tinha servido aquela tarde de campo de muitas batalhas que ela saíra já vencedora, já vencida.
Pesar e prazer, amor e ódio, ciúme e desconhecido desejo de vingança, grandes surpresas, grandes esperanças e grandes desesperos - eis as encontradas forças que a traziam suspensa entre mil incertezas e mil desvarios.
Entrando no aposento, Maurícia tinha inteiramente resolvida a sua vingança. A suave imagem de Ângelo, que enchia o seu entendimento, incitava-a a pô-la por obra. Era terrível o que concebera o seu espírito. Eis pouco

mais ou menos no que consistia. Ela desceria à sala de visitas e, quando Bezerra entrasse, declararia, em presença de todos, que, posto tivesse resolvido voltar para sua companhia, adotara opinião contrária. Albuquerque havia de inquirir-lhe a razão desta súbita mudança; então ela referiria o que acabava de ver o marido praticar; fulminaria este com a vergonhosa revelação; impossível seria que não tomasse todos os seu partido. Ficaria vingada e salva.

A imagem de Ângelo, que trazia no seu pensamento como luz benfazeja e consoladora, tinha ficado superior a este plano; não fora o amor que lho inspirara. fora o ódio, o desprezo, a raiva, o despeito, que nas mulheres assume não raras vezes proporções brutais.

Estava para descer, quando Virgínia entrou no quarto. A menina subira as escadas, correndo satisfeita e feliz. Passara toda a tarde em companhia de Paulo, e ao entrar no engenho, alcançara Bezerra.

— Meu pai está aí, mamãe. Venho pedir-lhe que não deixe de aparecer hoje.

— Aparecer-lhe hoje? - inquiriu Maurícia. Sim, hei de aparecer-lhe para lhe dizer que é impossível a minha volta.

— Meu Deus! - exclamou a menina. Para que quer fazer isso? Ou não lhe meta mais raiva. Ele já vem tão triste, tão pálido, que me parece estar sofrendo alguma dor.

— Enganas-te, Virgínia. É a hipocrisia em pessoa. A vileza inspira-lhe o disfarce para ocultar-se. Vi-o há pouco risonho e ... prazenteiro.

— Mas, então, alguma coisa lhe aconteceu depois. Verdade é que ele tinha na mão uma carta, que acabara de ler. E quer saber, mamãe? Ele perguntou se a senhora estava no engenho, se tinha saído, se alguém a procurara.

— Que carta era essa? - disse Maurícia, empalidecendo.

E instintivamente levou a mão ao seio mais morta do que viva. Não achou aí a carta que lhe dera Ângelo, debaixo da árvore. Pulara-lhe do seio na carreira da palhoça abandonada para o laranjal.

Pode-se compreender, mas não dizer, o tropel de pensamentos que passaram pela cabeça de Maurícia naquele momento. Que lhe teria escrito Ângelo? Ela não leu a carta; trazia-a fechada ainda; mas calculava que devia ser largo documento contra eles dois. Devia tratar da fugida, dos meios de realizá-la. Bezerra não podia dever ao acaso mais forte arma para atravessar-lhe o coração do que esse malfadado. Se o mostrasse a Albuquerque, talvez fosse o bastante para que este retirasse a sua promessa de consentir no casamento de Paulo com Virgínia; se o mostrasse à Martins, este e a mulher talvez a considerassem indigna de entrar dali por diante em sua casa.

— Oh! que infelicidade! - exclamou Maurícia.

O seu desejo de vingança, há pouco tão cru e exaltado, esfriou inopinadamente; foi substituído pelo terror. Os papéis trocaram-se. Era ela que estava agora nas mãos do marido. Ainda quando Maurícia referisse o que vira, ninguém acreditaria em suas palavras; Bezerra já não estava no mesmo caso; tinha consigo uma prova material da sua culpa; podia esmagá-la, atirando simplesmente o papel sobre a mesma, como se esmaga uma cobra, atirando-se-lhe uma pedra sobre a cabeça.

Passados alguns instantes, disse consigo:

— Mas, quem sabe se não está nisto a minha salvação? Quero crer que esteja; não é possível que Bezerra, lendo semelhantes revelações de um coração altamente apaixonado, queira ainda que eu vá viver com ele. Virá, talvez, à terra, o formoso castelo que acabo de erigir para Virgínia; mas o meu infortúnio terá encontrado o seu termo. Entre mim e o meu indigno marido, ter-se-á levantado uma barreira eterna, que ele não transporá nunca mais. Estarei livre, embora com uma nota, que o tempo há de apagar.

Como se tais ideias lhe ocorressem por intuição sobrenatural, Maurícia sentia-se reanimada. Onde um momentos antes estivera a sombra da morte, estava agora suavíssimo bálsamo de consolação tão grande que apagou toda a sua mágoa.

Chegou ao espelho, alisou o cabelo e encaminhou-se com Virgínia para a porta.

Já a vinham chamar por parte de Albuquerque.

Não foi sem pronunciada palidez que entrou na sala. Estavam aí, sentados ao lado de D. Carolina, perto do sofá, Albuquerque e Bezerra, e ao pé de Alice, junto da porta que dava para o terraço, Paulo e Martins. Este havia chegado um minuto antes de Maurícia entrar.

Quando ela apontou na porta, Bezerra levantou-se e foi pressuroso ao seu encontro. Fazia três anos que a não via. Abraçou-a respeitosamente diante de todos. Maurícia sentiu-se, então, enfraquecer novamente. Conheceu que estava ameaçada de dobrada desgraça; A sua prevenção fora enganosa. O seu tirano não se deu por achado. Isto queria significar que aos seus olhos ela havia de ser inevitavelmente vítima de dúplice vingança.

Bezerra estava pálido, mas mostrava-se satisfeito. Tinha risos que à sua mulher se afiguraram infernais. Raras vezes a hipocrisia representou melhor o seu papel.

Maurícia, entretanto, no meio do turbilhão de ideias contrárias que lhe enchiam a imaginação, não podia esquecer-se de Ângelo. Quando seu marido a abraçou, entre expansivo e reservado, ela teve desejos de lhe fugir. Pareceu-lhe que o direito de aconchegá-la ao seio já não lhe pertencia, e tinha passado ao homem que se mostrava louco de amor por ela. Aquele era indigno de seu corpo; estava ao nível da Janoca da Januária, perdia-se abaixo dos seus pés.

Compreendendo que Bezerra premeditaria contra o seu rival desapiedada vingança, começou a sentir por este tormentos imaginários. Jurou morrer ao lado de Ângelo, caro objeto de seu exclusivo amor. A presença do marido, longe de a prender na sala, apartou-a em espírito para fora desse estreito âmbito onde mal cabia as paixões despertas. Ela ia em busca do bacharel, nas asas de uma saudade imensa. Parando no ponto onde uma hora antes se tinham separado, perguntou a si mesma, no deserto, que testemunhara o seu colóquio: "Onde estará ele? Que pensamentos terá agora?"

Ângelo, entretanto, volvera ao Recife, levando em sua alma a vaga impressão da felicidade, que o embriagara com alguns momentos, e que era o resultado das palavras que ouvira de Maurícia, do amplexo que parecia tê-la ainda aconchegado ao corpo, do beijo que ele sentia perfumar-lhe os lábios. Chegara cedo à estrada, e não saíra mais.

Estava entregue à sua embriaguez, pensando na felicidade que devia trazer-lhe a vida com essa mulher adorável. Este pensamento não era constante. Em seu espírito, davam-se mutações rápidas; Tão depressa passavam aí cenas felizes, como dramas desgraçados. Bezerra não lhe saía da cabeça. Mais de uma vez, afigurou-se-lhe seu sonho despedaçado entre os dedos dele, como as nuvens cor de rosa se despedaçam não raro entre as pontas dos altos picos.

Num desses momentos, um carro parou à porta do sítio, e logo depois Martins entrou no aposento do advogado.

— Sabes donde venho?

— Julgava-te em casa.

— Fui ao Caxangá. Tinha ajustado com Bezerra encontramo-nos no engenho.

Ângelo empalideceu.

— Parece que não gostas do Bezerra. Pois olha, deves mudar de opinião, como eu mudei. Andava prevenido, mas convenci-me da minha sem-razão.

— Estiveste com ele lá?

— Estive; Virgínia casa-se no sábado, e Maurícia manda convidar-te para o casamento.

Ângelo mal pode acreditar nestas palavras.

— Pois não é o melhor. Queres saber o melhor? Maurícia vai viver outra vez com o marido. A separação era uma coisa que me trazia descontente. Eugênia vivia desgostosa e envergonhada. Mas que tens?

Ângelo sentira uma comoção mortal.

— Estás lívido - continuou Martins. Nunca te vi assim.

— É a tua vista que se engana; ou antes tu não contas a história verdadeira. Queres fazer a experiência in anima amici. Perdes o tempo;

— Afirmo-te que te estou dizendo a verdade.

— Não é possível.

— Palavra de honra. Ângelo. Mas nisso não há nada de singular. Há quase uma semana, segundo te disse, não usado esforço senão para chegar a este resultado. Maurícia voltou à razão.

— Mas quando foi que se deu isso?

— Quando? Agora mesmo.

Martins entrou numa longa série de particularidades para trazer a convicção ao espírito do amigo. Quando a verdade se tornou evidente, e não foi mais possível recusá-la, Ângelo deixou-se ficar em silêncio. Mais de uma vez, Martins dirigiu-lhe a palavra, mas não conseguiu arrancar-lhe a resposta. A sua concentração era incrível.

— Condenas uma ação tão bonita?

— Nada tenho com isso. Mas pode-se deixar de ficar espantado diante de tão rápida mudança?

— Ora, meu amigo; tem sempre curso tortuoso as coisas desta vida. E adeus! Tenho pressa. Quero levar a Eugênia esta agradável nova.

Passemos por cima do sofrimento de Ângelo durante os primeiros dias que se seguiram a esta revelação. Em vão, tentaríamos pintá-los. A linguagem humana não tem tintas para por em tela as crises em que a insônia roça pela razão, e a morte, espectro medonho nos dias felizes, aparece no curto horizonte do pensamento como a mensageira da única consolação possível.

No dia em que Virgínia devia casar-se, Martins procurou Ângelo depois do almoço.

— Virgínia casa-se hoje. Vais?

— É impossível. Morreu meu pai. Às duas horas, embarco para ir buscar minha mãe e meus irmãos.

Ângelo dizia a verdade. Aquela semana fora fecunda em dores para ele.

Martins ficou estatelado. Ignorava esse acontecimento. Exprobrou ao amigo o seu egoísmo na dor.

À hora indicada, o bacharel deixou a estrada.

Seu coração parecia só pulsar pelos entes queridos que a trinta léguas tinham nele a única esperança.

## XII

Não quis Albuquerque que Virgínia saísse da casa-grande, depois de casada, não obstante chegar para duas famílias a casa que ele mandara preparar para os pais da menina. Muitas razões dava, quando queria justificar a resolução de ficar com os noivos em sua companhia; as más línguas, porém, diziam que a predominante, que ele ocultava sempre, era a de não lhe inspirar confiança a harmonia dos esposos reconciliados.

Não quis igualmente que a mudança de Maurícia com o marido para a nova habitação se realizasse, senão na mesma noite do casamento da filha. De feito, quando o último convidado se despediu, Maurícia abraçou Virgínia, abraçou Paulo e tomou o caminho da porta. Tinha nos olhos lágrimas nitentes. Bezerra deu-lhe o braço que ela aceitou sem hesitar. Depois de três anos, era aquela a primeira vez que estes corpos se tocavam.

Ao passar pela senzala dos pretos, um deles disse:

— Sinhá Maurícia também teve hoje o seu noivado.

Maurícia viu neste pensamento um epigrama que lhe dirigira a fatalidade.

Em silêncio, atravessaram o pátio do engenho e entraram na habitação, que lhes estava destinada. Ficava distante obra de cem passos da casa-grande. Para que oferecesse cômodos bastantes, mandara Albuquerque que se aumentassem quartos e salas. Noivos amorosos e felizes tinham achado ali modesto e perfumado ninho, onde aqueciam os seus anelos. Os novos habitadores, porém, estavam longe de achar na convivência mútua o contentamento que só o amor verdadeiro proporciona.

Duas conveniências os tinham levado a ajuntar-se novamente: Maurícia sacrificava-se pela filha; Bezerra, o que queria era um meio de vida e as perspectiva de um futuro melhor. Ao princípio, chegara a acreditar na possibilidade despertar no coração da mulher a afeição que, verdadeiramente falando, aí nunca existira. Mas as frequentes recusas, objeções e lágrimas de Maurícia convenceram-no de que, se a primeira parte de sua esperança não estava longe de realizar-se, a última era de todo o ponto irrealizável. Esta convicção trouxe-lhe certo descontentamento, mas não o levou a considerar-se de todo infeliz. Tal momento houve em que pensou conseguir para o tempo adiante o que atualmente lhe parecia de difícil aquisição, a saber, a graça da mulher. Eram estas as ideias em que se deixava absorver, quando do achou no caminho a carta escrita por Ângelo. Houve, então, uma revolução em seu interior, que ocasionou notável mudança no que ele trazia assentado no raciocínio. Nesse documento, viu não só a prova de um crime dela, mas, também, o testemunho irrefragável da desgraça dele. Teve ímpeto de meter uma bala na cabeça do homem, que armava ciladas à sua honra, e um punhal no coração da mulher que a não sabia guardar devidamente. O primeiro impulso foi considerar o dito por não dito, o feito por não feito, desaparecer dos olhos de Albuquerque e tratar de sua vingança, exclusivamente.

    Pensava em tudo isto ao entrar na casa-grande. Deparando-se-lhe com Virgínia, que o fora receber com afabilidade carinhosa, sentiu-se mais fraco ainda de que estava. Havia de dar um passo que redundasse na desgraça de sua filha? — "Não!" — tal foi a resposta que encontrou em si mesmo como revelação do sentimento que atualmente predominava em seu coração.

    A primeira demonstração de Bezerra para sua mulher tanto que se viu a sós com ela, não foi de amor, mas de rigor. Maurícia, entretanto, nunca se mostrara tão formosa, posto que a tristeza íntima a devesse trazer abatida no exterior. Quando ela fugira da companhia do marido, estava magra, angulosa e feia.

    Mas não foi o mesmo esqueleto, a mesma múmia egípcia o que ele veio achar em Pernambuco; foi sim, uma beleza adorável, que, pelo completo desenvolvimento, parecia ter tocado a meta das proporções que devem ter, no ponto mas elevado das suas graças, as belezas plásticas. Naquela noite trazia ela vestido de escumilha azul cor de céu, apanhado de arregaços das cavas para as ombreiras com tranças e brilhantinas.

    — Não sei se sabe - disse-lhe ele, pegando-lhe da mão com certas mostras de autoridade ameaçadora, não sei se sabe que tenho em meu poder um terrível documento contra a senhora.

    Maurícia, julgando reconhecer no semblante do marido, até àquela hora risonho, a expressão de arrogância, que lhe era habitual nos tempos em que vivera com ela, sentiu coar-lhe pelos membros o frio da morte.

    — Contra mim o senhor não pode ter nenhum documento, nenhuma prova que mereça fé.

    — Talvez não houvesse chegado às suas mãos o que eu tenho nas minhas; mas que ele faz grande prova contra a senhora, não há que duvidá-lo.

    — Sei que alude a uma carta. Eu a tive em minhas mãos, mas a não cheguei a abrir. Joguei-a fora, sem a ler. A sua asseveração é, portanto, inexata.

    — A senhora tem um apaixonado. Tratava de fugir com ele, e se o não fez, não foi porque lhe repugnasse esse passo, mas porque talvez compreendesse quanto ele era falso e perigoso.

    — O homem que escreveu tal carta poderá amar-me, mas não é nada meu. Vi-o uma vez em casa e meu cunhado, e outra na povoação. E que culpa tenho eu de que ele escrevesse essa carta? Que mulher pode estar livre de que alguém lhe escreva? Mas o que me espanta em suas palavras é que o senhor as tenha tão cruas e desamorosas para mim depois de três anos de separação, depois de mil esforços empregados ultimamente para que tal separação cessasse.

Dizendo estas palavras, Maurícia soluçava.

— Espanta-se de que eu procure tomar-lhe contas? Não terei este direito? Não me pertence fazer uma interrogação ao passado? Vindo novamente para minha companhia, julgaria a senhora que continuava sem um juiz para os seus atos?

— O que eu julguei, acedendo aos votos da minha filha, por bem da sua felicidade, foi coisa diferente, e sempre o disse, porque nunca, depois de separada do senhor, me iludi jamais acerca dos seus sentimentos; o que eu suspeitava encontrar no senhor, vim encontrar por desgraça minha. Eu quisera ter diante de mim o juiz, severo embora; o que tenho é o mesmo inimigo, o mesmo carrasco dos meus primeiros anos de casada.

Maurícia quis levantar-se, mas Bezerra por um gesto de violência a reteve na cadeira que ela ocupava ao lado dele.

— É cedo ainda para se levantar, Maurícia - disse-lhe. Tenho algumas palavras que lhe dizer. É minha vontade que a senhora nunca mais veja esse homem.

— Quer, então, que eu não ponha mais os pés em casa de minha irmã?

— Quero-o, se for isto necessário para que a minha vontade se cumpra.

— Pois eu o farei. Hei de levar ao fim sem pesar o meu sacrifício.

— Não sou tão mau, como já fui - tornou Bezerra, tirando de um dos bolsos da calças um papel dobrado. Olhe. Aqui está a carta que lhe foi dirigida. Vou queimá-la para lhe ser agradável. Isto quer dizer que aceito sua justificação. Certo, nenhuma mulher está isenta de que algum insolente lhe dirija epístolas desonestas. Dou pela sua defesa. É um indulto que lhe quero conceder no meu segundo noivado.

Bezerra chegou a carta à vela que ardia dentro de um candelabro sobre a mesa no meio da sala e atirou-a inflamada no chão.

— Havia nesse papel palavras tão infames que nunca a senhora as devera saber; tão infames são elas que, se outrem as pudesse vir a ler, talvez fosse isso motivo para que eu me atirasse no caminho do crime, a fim de desafrontar-me. Façamos agora as pazes. Maurícia.

Bezerra conchegou a mulher com ambos os braços ao seu peito, e deu-lhe um beijo na boca. Quando retirou os lábios, trazia-os úmidos de lágrimas da infeliz.

Dentro de pouco mais de um mês, começou Maurícia a notar a frieza do marido, acompanhada de circunstância que parecia terem com ela a maior ligação. A filha de Januária, que quase nunca passara além da meia-água, atravessava agora o restante do pátio do engenho várias vezes, durante a semana e passava pela porta da casa, onde ela morava. Um dia, chegou a perguntar a um moleque do serviço doméstico, se Bezerra estava em casa. Mais de uma vez, saindo mais cedo do que costumava para ir tomar a lição de Alice, não encontrou Maurícia na casa-grande o marido, que para aí lhe dissera ir. Maurícia não deu mostras nem ciúme, e não o sentia. Não se casara como Bezerra por amor, mas por fazer as vontades dos pais. Tinha, então, Bezerra catorze anos menos; dispunha de meios que lhe permitiam aparecer com mais decência na sociedade; não trazia consigo um passado odioso. Mas, não obstante reunir semelhantes condições favoráveis, não lhe havia inspirado afeto especial; tinha para ele olhos simplesmente benévolos, palavras corteses e respeitosas. Agora, as circunstâncias o favoreciam ainda menos. Estava pobre, alquebrado e carregava ás costas um saco de mazelas. Procurava de novo a sua companhia para ter segura a vida que era sumamente custosa de manter. Quase dependia dela. Perdera grandes partes da antiga arrogância e cultivava a conveniência. Era um homem de corpo aberto. Mas não obstante, mostrava-se magoada, e uma vez chegou a revelar-lhe a cena que um mês antes o tinha visto representar com a mestiça entre a meia-água e a porteira. Bezerra deu pouca importância, ou nenhuma, aos ressentimentos da mulher, e não alterou o seu hábito de fazer ausência de noite e de dia.

Por esse tempo, adoecendo a escrava que Albuquerque encarregara do serviço em casa de Bezerra, veio preencher-lhe a falta uma crioula nova, por nome de Brígida, que D. Carolina tinha em grande estimação. Com esta rapariga, entraram na casa novos desgostos para Maurícia. Bezerra dirigia-lhe gracejos a furto, e lançava-lhe olhares de ternura ignóbil. Um tarde, em que Maurícia voltara mais cedo do engenho, surpreendeu o marido em prática familiar com a cativa. Deu-se por ofendida, e as lágrimas saltaram-lhe dos olhos. Teve ímpetos de ir imediatamente contar à D. Carolina o que vira; mas a vergonha de revelar a vileza reteve-a silenciosa. Ela, porém, não pode acabar consigo que não desse grande demonstração da sua profunda mágoa àquele que era desta causador.

— Senhor - disse - daquela porta para fora, poderemos continuar a ser dois consortes que, depois de várias e cruéis vicissitudes, convieram em encurtar a distância que os trazia afastados, e emendar o roto laço do combatido afeto, mas, das portas adentro, espero que estejamos de hoje em diante tão distantes como se entre nós se interpusessem, como já se interpuseram, dezenas de léguas de oceano.

Bezerra teve para esse assomo de justo e elevado agravo risos mofadores. Saiu e voltou tarde. A porta da alcova estava trancada por dentro. Bezerra ficou alguns momentos em pé junto dessa porta, que o ameaçava com ares de sentença de desquite.

— Eu podia por no chão esta porta e entrar; mas era dar muita importância ao que merece pouca.

Encaminhou-se para o gabinete fronteiro, onde havia uma cama de solteiro, algumas cadeiras, uma mesa e um toucador.

Ao lado da cama, viu os baús que mandara conduzir do Recife no dia da sua mudança para o engenho. Dos ganchos de um cabide de faia, pendiam os seus paletós e calças. Aos pés da cama, estava o seu par de chinelas.

— É um mandado de despejo. Por tão pouco!...

## O sacrifício

Maurícia praticara este ato de energia não tanto por ciúme, como por ferida em seus melindres; e estava no ânimo de não retroceder, ainda diante das mais graves consequências.

— Depois disto - dissera ela - só se deve seguir ou a completa emenda dele, ou a saída de um de nós dois.

Bezerra, que, ao princípio, tomara esta resolução em ar de mofa, caindo em si depois, julgou-se na obrigação de refletir mais maduramente. Tinham mudado muito as suas condições. No Pará, três anos antes, as coisas eram outras, e ainda assim Maurícia triunfara da sua tirania, quanto mais em Pernambuco, estando ela no seio de uma família respeitável, que da sua honra e discrição tinham o melhor documento em vê-la praticar o sacrifício de voltar à companhia dele. Outras considerações de não inferior tomo lhe ocorreram. Se, por qualquer modo, viesse a desgostar Albuquerque, de que iria viver? No engenho estava incumbido de fazer a escrituração relativa à venda dos açucares, do mel, da aguardente e dos demais produtos da grande propriedade. Por este trabalho, que Paulo costumava fazer aos domingos, arbitrara-lhe Albuquerque módico vencimento; mas lhe dava de graça casa para morar, carne e farinha para a mesa, escravos para o servirem. Se lhe faltassem tudo isto, de repente, a que ficaria reduzido? A não ter um lugar onde cair morto. Faltava-lhe coragem para tentar novos meios de vida. O cabelo, que começava a alvejar-lhe a testa que mostrava cortada de grandes rugas; os olhos fundos, as faces murchas indicavam que as forças começavam a desampará-lo.

Da sua cogitação veio tirá-lo o relógio que do alto, entre as duas janelas, parecia fitá-lo impassível como a fatalidade. Foram doze pancadas que deu.

Ele então levantou-se da cama, onde estivera a pensar, e encaminhando-se para a alcova, disse:

— Façamos as pazes, ainda que para isso seja preciso pedir mil perdões.

Bateu na porta devagarinho, depois mais fortemente, chamando por Maurícia, que não lhe deu uma só palavra em resposta. Esteve alguns instantes de pé, a olhar para dentro através da fechadura. De uma das vezes, abalou a porta com toda força, quase deliberado a dar com ela em terra por maior que fosse o ruído que produzisse tal violência; mas julgou prudente variar de conselho, ouvindo ruído de vozes da banda de fora; dois negros do engenho tinham-se sentado no batente da casa, e aí conversavam em sua algaravia ininteligível. Ocorreu-lhe, então, escalar a parede, e este pensamento veio seguido de outro. Ainda estava encostada ao pé da parede do oitão da casa uma escada do engenho, de que se tinham servido os pedreiros por ocasião das novas obras. Bezerra tomou pela porta que ia dar no interior, e voltou pouco depois com a escada que colocou de manso na parede. Subiu. Entre a parede e a telha vã, havia o espaço da altura de um homem; fácil, portanto, se afigurou a Bezerra a sua descida para dentro do quarto com o auxílio do mesmo instrumento por onde subira. Maurícia dormia. A vela de uma manga de vidro, colocada sobre uma mesa do lado da cabeceira, tinha chegado ao papel que lhe servia de calço, e ardendo com ele derramava no âmbito do aposento clarão amarelado, que trazia à imaginação o começo de um incêndio.

Bezerra, equilibrando-se conforme pode, pegou da escada e levantou-a; mas quando já a travessava sobre o frechal, que corria ao longo da parede, ela, escorregando, caiu quase para o lado da sala e ele para não cair teve de a soltar. Despertada pelo estrondo, Maurícia sentou-se trêmula, atemorizada, e dando com os olhos no marido, tudo compreendeu.

— Ainda me persegue? - disse saltando envolta na longa colcha.
— Maurícia, por que foge de mim? - perguntou Bezerra.

Maurícia tinha de feito corrido à porta do aposento e desdado à volta da chave. Bezerra viu-a dirigir-se ao quarto, onde ele estivera e trancar-se outra vez pior dentro.

— Hei de vencê-la, hei de vencê-la, hoje mesmo - disse ele.

Mas como havia de descer? Faltava-lhe ânimo para saltar. A parede tinha talvez cinco metros de alto. Era uma altura suficiente para guardar uma mulher, mas excessiva para a descida de um homem sem outro auxílio que as mãos e os pés. E contudo urgia descer. Na sala de visitas e no aposento onde Maurícia se refugiara estava tudo às escuras. dentro em pouco tempo, na alcova, fariam invasão as trevas. Não deixava de ser em certo modo aflitivo o momento.

Quase desesperado, Bezerra, calculando que poderia ser vítima de risos mofadores, decidiu-se a saltar, deliberado a deitar por terra a porta que se interpunha entre ele e a mulher. Pôs as mãos sobre o frechal, onde tinha os pés, e com as pontas destes tentou descer ao longo da parede. Mas depressa as mãos fugiram do alto, e ele julgou que ia quebrar-se de encontro ao ladrilho da sala. Quando já se considerava vítima do desastre, sentiu-se com surpresa cair entre uns braços robustos, que o ampararam com firmeza descomunal.

Então, ainda aturdido, ouviu à meia voz estas palavras:

— O Sr. queria morrer? Se não fosse eu, podia estar quebrado.

— Brígida! - exclamou Bezerra, sentindo-se apertado ente os braços e os seios resistentes da negrota.

Não tinha dormido ainda, e, sabendo o que se passara entre Maurícia e Bezerra, quase previra o que acabara de dar-se. Vendo-o entrar com a escada fora de horas viera pé ante pé, e colocara-se à porta da sala de visitas, que abria a comunicação para o corredor. Dali, testemunhara a ascensão de Bezerra, a saída violenta de Maurícia e os embaraços dele para descer. Enfim, vendo-o tentar a descida, correra a tempo de o aparar entre os braços.

— Estava aqui há muito tempo? - perguntou-lhe Bezerra;
— Eu vi tudo - respondeu Brígida. O que admiro é a pachorra de vosmecê. Tanta mulher que há no mundo.
— É verdade - retorquiu Bezerra.

E em vez de atirar-se contra a porta fronteira, entrou na alcova, onde a vela agonizante despediu o último clarão e apagou-se.

## XIII

Toda a noite Maurícia passou em claro, vendo sombras gigantescas atravessar a escuridão do quarto, onde se refugiara. Por extremo excitada, pareceu-lhe mais de uma vez ouvir na sala rumor de passos, e na alcova, que abandonara, ruído de vozes abafadas. De uma vez, levantou-se da cama, abriu devagarinho a porta, e deu alguns passos em direitura da alcova. Foi de encontra ao piano, que com o estremeção teve uma harmonia surda - voz confusa de todas as cordas abaladas. No mesmo instante, afigurou-se-lhe que um vulto se afastara da porta da alcova em procura do corredor. Pelas formas, esse vulto parecia-se com Faustino. O medo de encontrar-se com o moleque fê-la voltar e trancar novamente.

Muito cedo ainda Bezerra deixou o aposento. Maurícia ouviu-o dizer algumas palavras a Faustino, que lhe dera não sei que recado; ouviu o rumor das pisadas do lado de fora. Então, levantou-se cautelosamente. A sala estava deserta. Do lado da cozinha, o moleque conversava animadamente com Brígida. Entrou no quarto. A cama indicava, pelo desarranjo, que Bezerra se servira dela. Sentou-se do lado da cabeceira.

— Não pode vencer-me - disse; nem me vencerá jamais. Dissuadido de realizar o seu intento, repousou só.

E repetiu logo este monossílabo:
— Só!
Depois acudiu:
— Mas terei eu o direito de separar-me dele assim?
Havia nesta interrogação a ponta de uma dúvida.

Irresistivelmente, Maurícia entrou a pensar. A cabeça pesava-lhe, mas seu espírito buscava solução para aquele terrível problema. Não era possível que continuassem a viver assim unidos de direito e divorciados de fato, Maurícia julgou esta primeira prova cruel.

— Ele é meu marido - disse. Quando me sujeitei a viver de novo com ele, não me obriguei acaso a padecer todos os tormentos, sem o direito de lhe resistir? Uma das primeiras virtudes da mulher casada não será porventura, ocultar, ainda com o sacrifício da sua tranquilidade, as fraquezas e as misérias do marido? Que devia eu esperar de Bezerra? Não fui testemunha do que ele praticou com a filha de Januária, antes da minha última declaração de vivermos juntos? Que me obrigou a sujeitar-me a esta provação? Ninguém me obrigou a isto; fui eu mesma que aceitei a situação que ora me traz vexame e dor. Qual é, porém, o meu dever? Estar por tudo. Pois bem: estarei de ora em diante. Que hei de fazer, meu Deus? Nem haveria merecimento no passo que dei, se eu não curtisse com silenciosa resignação as cruas dores do martírio. Maurícia estava arrependida do que praticara na véspera.

— Uma mulher casada não pode ter destas opiniões. Ela não se pertence; pertence ao marido, ou antes à fatalidade do dever, sempre mais cruel para a mulher do que para o homem.

Assim falando, Maurícia tomou as última roupas, deliberada a estudar o meio mais natural eficaz de reconciliar-se, sem evidente humilhação, com Bezerra. Chegou-se ao espelho para arranjar o cabelo que se lhe espalhava pelas espáduas nuas. Tinha o rosto demudado. As cores começavam a fugir-lhe das faces. A cútis, outrora tão limpa, emurchecia agora, e mostrava-se sem a frescura de três meses atrás. Aos primeiros raios de sol, ela com espanto viu no fim da testa um cabelo que embranquecia. Era o primeiro indício do seu outono, a primeira folha, que ameaçava cair da árvore da sua mocidade. Ao cabo de mais um ano de padecimentos, não restaria dessa árvore senão o arcabouço. Duas lágrimas deslizaram-se-lhe pelas faces ameaçadas de terem para sempre perdido o lustre que lhe dava o sossego.

— Estou ficando velha - disse com amargura. O sofrimento encurta a minha viagem, e, dentro em breve, terei diante dos olhos a sepultura; eu não poderei resistir por muito tempo a semelhantes tormentos. Também o meu papel no teatro do mundo parece tocar o seu termo. Virgínia está casada e amparada, e o meu coração está morto.

Estas últimas palavras trouxeram-lhe à lembrança Ângelo, e não foi preciso mais para que em seu interior se derramasse a impressão de bálsamo suavíssimo.

— Não! O meu coração não está morto! - disse ela de si para si. Por desgraça minha, não posso esquecer-me desse homem, ainda quando a descrença invade a minha alma, como agora, e vejo diante dos olhos o espectro da morte. Ao lado dele, a mocidade me voltaria, e com ela todos os meus sorrisos que se mudaram em lágrimas em companhia do meu cruel marido. Meu Deus, meu Deus, não há maior tormento do que este - sofrer assim, amar assim, sofrer sem tréguas e amar sem tréguas ao mesmo tempo, sofrer daquele a que se aborrece, e amar aquele de quem não se possui senão a efígie querida no seio da fantasia, e cujo nome nem ao menos é lícito proferir de modo que os ouvidos o ouçam!

Maurícia sentou-se a modo de desalentada ao pé do espelho. Após as primeiras, vieram novas lágrimas porventura mais abrasadoras. Dava pena daquela silenciosa aflição.

Uma discórdia entre Faustino e Brígida, cujas vozes, alteando-se gradativamente, vieram ressoar, no ambiente da alcova, arrancou Maurícia da prostração mental em que a tinham deixado os encontrados pensamentos do seu último solilóquio.

## O sacrifício

Levantando-se, disse:

— Deus há de ajudar-me a levar sem covardia ao Calvário a minha cruz. Façamos de conta uma vez por todas que está para sempre acabado tudo que se passou entre mim e esse homem. Sejamos de ora em diante exclusivamente a mulher casada, escrava de seu dever.

Aproximando-se de uma cadeira para apanhar um lenço que aí deixara, suas vistas caíram casualmente na parte da cama, que ficava do lado da parede. Sobre o alvo lençol, neste ponto não revolvido, viam-se marcas de pés grosseiros, que indicavam pelos traços negros, terem andado em chão imundo. Maurícia mal pode descobrir esta indigna visão, sem cair ferida de vergonha e dor. Compreendeu toda a infâmia de Bezerra. Diante de tal testemunho de insólita baixeza, nenhuma mulher se conservaria dentro dos limites da discrição. Abriu a porta arrebatadamente e correu para a cozinha. Que ia fazer? Ela mesma não podia saber. A verdade, porém, é que ela estava desvairada.

Chegando ali encontrou Faustino.

— Vosmecê vem ralhar comigo, sinhá Dona Maurícia, por eu estar brigando com Brígida? - perguntou o moleque tanto que reconheceu pelo semblante de Maurícia a cólera que lhe ia na alma.

Maurícia nada disse. Não podia falar. Tinha a voz presa por oculta garra.

— Vosmecê me perdoe - continuou o moleque em tom de humildade despeitosa. Eu queria muito bem a essa negra, mas ele me fez ontem uma só me deu a vontade de a matar. Vosmecê sabe que minha senhora prometeu que Brígida havia de casar comigo. Mas de que serviu esta promessa? A negra botou as mangas de fora, e tem andado solta como as bestas do engenho, Ontem de noite, quando eu cheguei do Recife, onde tinha ido de tarde, por mandado de meu senhor, não achei Brígida aqui. A porta do corredor, que vosmecê costuma fechar todas as noites, estava aberta, Há muitos dias que eu andava suspeitando uma coisa muito feia. Por isso, deixei-me ficar na sala. De uma vez, ouvi abrir a porta do gabinete e apontar um vulto branco; fugi para o corredor para esperar por ele, supondo que era Brígida; mas assim que fugi, o vulto foi outra vez meter-se no gabinete. Não pude ter-me e corri até lá a ver se dava com a negra; mas achei a porta trancada. Não pude sair da sala. Estive aí até amanhecer. Quando seu Bezerra abriu a porta da rua e saiu, eu, que estava detrás da porta do corredor, via negra tomar da sala para a cozinha. É por isso que eu estava ralhando com Brígida.

— E onde está ela? - perguntou Maurícia

— Fugiu com medo de mim para a casa-grande.

Não havia que duvidar. Os indícios acabavam de ter a mais cabal confirmação. O torpe segredo estava já nos domínios da cozinha. Se houvesse encontrado a negra, Maurícia teria talvez praticado um desatino que não se compadecia com a sua índole e educação; mas, na ausência do objeto do seu ódio, do seu desprezo e da sua vingança, ela não pode suster o pranto. Nunca se vira tão aviltada aos seus olhos.

— Vosmecê não chore, que aquela negra não há de voltar mais aqui - disse o moleque.
— E que tem que ela volte ou não, se já aqui deixou a sua infâmia? - respondeu Maurícia. Não te entristeças, Faustino. Vou contar tudo a D. Carolina, a fim de ver se ela põe cobro à ousadia de Brígida.
— Vosmecê pode contar à minha senhora o que se passou, mas eu nada tenho com isso, porque eu não quero mais saber de Brígida. Ela para mim está cortada.
— Que está dizendo?
— É o que digo a vosmecê. Deus me livre de casar com uma negra tão ruim. Não faltam negras boas no engenho de meu senhor. Eu para mim não a quero nem de graça.

Maurícia encaminhou-se imediatamente para a casa-grande. Antecipando-se, Brígida inutilizara toda a obra que a infeliz senhora devera levantar, sobre verdadeiros fundamentos, no espírito da senhora do engenho. Não acreditou esta nas palavras de Maurícia. Atribuiu tudo a ciúme, desculpando a negra, que, em seu conceito, segundo disse, era incapaz de tal procedimento; Sucedeu, então, o que não é raro em tal caso, Maurícia, que antes do casamento de Paulo com Virgínia, era objeto de particulares atenções, tanto que por tal casamento entrou nos laços da família, já não merecia a mesma urbanidade. Descontente, procurou Albuquerque para desaforar no seio dele as novas aflições e pedir-lhe providências e conselhos. Que outros passos poderia dar, sentindo-se quase fora de si pela dor que lhe deixara o golpe inesperado e nefando?

Albuquerque, depois de ouvir a sua narrativa sem lhe fazer a menor observação, disse simplesmente em resposta.
— Não direi que a senhora não tem razão, D. Maurícia, mas devo observar-lhe que as minhas crias de casa são muito moralizadas; e que até agora nada me constou ainda de seu marido, que o fizesse descer do conceito que formo dele. A senhora pede-me providências, mas que providências posso dar, a não ser a de não consentir mais na continuação de minha escrava em sua casa? Essa providência tenha por certa, ainda que me pese privá-la de quem lhe preste serviços domésticos, que a senhora não está acostumada a praticar. Pelo que respeita aos conselhos, só tenho uma judiciosa sentença que lhe lembrar; é a seguinte: a mulher, que dá o devido valor à sua honra, longe de por em praça pública as fraquezas da sua casa, é a primeira que as encobre, ainda que daí resultem danos e desgraças.

Maurícia não pode dizer uma palavra diante desse procedimento tão cru, e voltou decidida a não por mais os seus pés na casa-grande. Reconheceu, então, que estava só em frente do seu infortúnio; só como não se vira jamais! Muito cara lhe ia saindo a felicidade de sua filha. Teve por instantes o pensamento de acabar com os seus dias, mas faltou-lhe o ânimo que requer este passo extremo. Quando o funesto pensamento passou de todo, outro veio ocupar o seu lugar na imaginação escaldada na infeliz vítima - o de fugir para a companhia de Ângelo; mas duas razões se opuseram a que tão grava ideia chegasse a realizar-se; em primeiro lugar, Ângelo havia de votar-lhe agora, em vez do amor de outrora, ódio e desprezo, únicos sentimentos, que o procedimento dela, resolvendo-se a voltar à vida conjugal, devera inspirar-lhe; em segundo lugar, repugnava ao seu caráter e ao seu imenso amor procurar o bacharel como quem fugia covardemente de um grave passo na vida. A ocasião de levar a efeito a fugida tinha passado, Se esta se houvesse realizado no tempo próprio, ela teria chegado à casa de Ângelo, como a primavera chega aos campos desolados, por entre flores e graças; seria objeto de adoração espontânea e grata; pequena, se fosse aferida pelo dever, mostrar-se-ia de grandeza descomunal na medida da paixão de que ela era ídolo sobrenatural, a quem o jovem bacharel queimaria, então, o melhor incenso do seu afeto. Agora, porém, era tudo muito diferente. Ela própria já não tinha no rosto as graças que tanto havia imposto a Ângelo o culto da beleza. Os olhos estavam amortecidos, as faces estavam crestadas do continuado pranto. Não eram já os mesmos encantos que davam a sua conservação particular valor. A sua voz desaprendera grande parte dos delicados segredos que traziam o bacharel rendido aos seus pés; havia quase dois meses que ela não vivia para o mundo da arte, que, aliás, tanto a cativara nos tempos da sua maior liberdade. O piano mudo; as músicas debaixo de uma crosta de pó sobre uma mesa ao canto da sala; os livros trancados na pequena estante, e nenhum ao seu lado, ou ao alcance da sua mão, testemunhavam que lhe entrara na vida outro sistema, outro regime inteiramente oposto ao que dera conveniente educação aos seus dotes naturais, e criara nela o gosto pelas coisas do espírito, que a suas inclinações tornaram de fácil aquisição.

Maurícia sentou-se numa poltrona no gabinete, onde passara a noite. Combalida de tantas impressões, o cansaço e a luta interior puderam vencê-la, quando ela mais se preparava para refletir sobre a gravidade da conjuntura atual. Adormeceu ali mesmo.

Uma cena curiosa representava-se nesse momento à beira do rio, que banha a povoação de Caxangá, e Paulo era dela espectador mudo e abalado.

Deixando os negros no serviço, fora ele tomar banho à sombra de umas árvores copadas, juntos das quais passava o rio. O ponto era inteiramente ermo. À direita, morriam os canaviais e à esquerda estendia-se um capinzal vasto. Corriam pelo meio as águas, deixando do lado do engenho, entre elas e as últimas touceiras de cana, uma pano de área descoberto; lambiam as raízes salientes do arvoredo; e desapareciam obra de cem passos adiante por baixo de uma vegetação aquática muito cruzada e basta, que se confundia no capinzal.

Antes de descobrir a natural banheira formada pelo rio, Paulo ouviu o ruído de vozes e o ressoar de risos esganiçados, que não lhe pareceram de todo estranhos. A natural curiosidade o fez cauteloso. Abaixou-se algum tanto, e por entre as folhas das canas descobriu o ponto donde vinham tais rumores. Eis o que viu. Estavam dentro da água um homem e uma mulher. Brincavam, riam-se, mergulhavam e davam cambapés estrepitosos. Quando a mulher gritava com mais força, ou fazia nas águas mais barulhos, o homem recomendava-lhe moderação e silêncio; mas não tinham essas recomendações a menor importância para ela, que prosseguia com os seus movimentos agitados e aumentava o diapasão das suas vozes.

Do lugar onde estava, não pode Paulo saber quem eram os desconhecidos. As árvores cobriam com sombras todo o âmbito das águas onde eles procediam àqueles violentos exercícios, e a distância não era pequena. Paulo, entretanto, começou a sentir maior curiosidade em reconhecê-los. Por ali perto, não se apontavam moradores, e até lhe pareceu digno de nota que tais pessoas, não sendo da redondeza, soubessem que havia essa banheira só conhecida da gente do engenho ou de quem tinha a liberdade de atravessar os canaviais e as lavouras. Mas ao mesmo tempo que desejava conhecer os folgazões, o seu natural pudor vedava-lhe empregar os meios mais prontos para chegar a este conhecimento. Pensava já em voltar, quando um ruído mais forte e uma gargalhada mais vibrante chamaram novamente a sua atenção para a banheira. Fora o caso que a mulher correra de destro das águas para fora em busca do pano de areia, que vinha morrer poucos passos diante do ponto onde ele estava oculto. A mulher, correndo, parando, tornando a correr e olhando para trás, atravessou todo o espaço que havia descoberto. Paulo viu-a, em toda a nudez natural, de frente para ele; e logo que, saindo da sombra, a luz do sol pode cair em cheio em cima dela, reconheceu a Janoca. O espanto, a que esta visão deu lugar em seu espírito, subiu de ponto, quando ele ouviu a homem chamar por ela em voz mais elevada. Era a voz de Bezerra.

— Sai daí; volta - disse Bezerra. Olha que pode vir gente.
— Que é que tem? - retorquiu a mestiça com disfarce impudente.
— Não quero; não quero que alguém te veja.
— Quero eu.
— Volta, Janoca.
— Venha você buscar-me. Tenho já frio e o sol está muito bom.

E a mestiça estendeu-se a fio comprido na areia.

Paulo teve, então, ocasião de observar as formas que ele nem sequer ima-

ginara nunca. A sua primeira impressão, vendo a rapariga correr para a banda dele, fora fugir, desaparecer; mas a novidade e o escândalo puderam mais que o escrúpulo do rapaz, posto que educado nas lições de sã moralidade.
— Se não vier buscar-me, não voltarei tão cedo - prosseguiu a mestiça.
— Deixa-te disso; vem. Se eu for lá, hei de trazer-te arrastada pelos cabelos.
— Não vê! Os meus cabelos são as suas prisões. Sua mulher há de ter inveja deles. Não tem?
— Vem, diabo! - tornou Bezerra contrariado.
— Que é isto? Está com raiva porque falei na sua mulher? Bonito que você é! A sua mulher sou eu.
— Pois sim, és tu mesma; mas o que eu quero é que saias daí.
— Eu não. Está com ciúmes? Cuidarás que alguém, vendo-me nua, vai tirar-me do seu poder?
— Deixa-te de asneiras, e não me metas raiva.

Dizendo estas palavras, Bezerra correu da água para a margem, onde a rapariga se espojava, ora encolhendo, ora estirando as pernas. Vinha resoluto a levá-la por força, mas quando entre ele e ela não se interpunham mais de dez passos, Janoca, por diabrura, encheu a mão de areia e atirou-lhe sobre a cara, acompanhando este movimento de cínica e estrepitosa risada. Bezerra deu um grito, sobresteve um momento com as mãos no rosto, e depois voltou ao rio. A areia caíra-lhe nos olhos.

Então, Janoca levantou-se rapidamente e correu após ele.
— Caiu-lhe nos olhos a areia, meu benzinho? - perguntou com voz sentida. Coitado do meu marido!

E foi ela que arrastou Bezerra para dentro da água, onde, abraçando-o e dando-lhe beijos, começou a banhar-lhe o rosto e a pedir-lhe perdões ao mesmo tempo.

Paulo aproveitou-se deste acidente para retirar-se do lugar, onde o acaso acabava de dar-lhe tão nojento e infame espetáculo. Estava maravilhado. A impudência e a nudez haviam deixado em seu espírito estranha impressão de assombro. Pensou logo em Maurícia, que ele tinha em conta de sua segunda mãe. "Quanto não deve ter ela padecido? - disse ele consigo. Agora acredito em todas as suas palavras; quem pratica o que acaba de praticar esse homem é capaz de todas as vilezas". Paulo sentiu tamanha pena que, dados alguns passos, parou de novo e pôs-se a pensar no que testemunhara. A estranha visão apresentou-se-lhe outra vez diante dos olhos escandalizados, em tintas tão vivas como a realidade. "Oh, nunca supus que ele tivesse coragem para semelhante procedimento!"

Voltou esse dia mais cedo do serviço. Tinha pressa de ver Maurícia. Quanto mais reconhecia a sua desgraça, mais se sentia na obrigação de ir em socorro da infeliz senhora. Nada lhe revelaria do que vira, mas trataria de cortar as relações criminosas que Bezerra e a mestiça mantinham. "Ela se sacrificou por mim; eu tenho o dever de lhe tornar o mais suave que puder o sacrifício. Essa infame rapariga não pode continuar nesse lugar. Há de sair daqui dentro do mais breve tempo que for possível! E formou logo sua resolução.

Chegando ao engenho, antes da hora costumada, Virgínia fez-lhe mil indagações para saber a causa desta alteração; Paulo respondeu-lhe que se sentira indisposto. Deixando a mulher em seu aposento, dirigiu-se à sala onde D. Carolina se demorava a maior parte do dia. Queria contar o que vira à sua mãe e pedir-lhe que o aconselhasse; mas antes de fazer qualquer revelação, D. Carolina começou a relatar-lhe o que se passara naquela manhã entre ela e Maurícia. Em sua opinião, Maurícia criava fantasmas para desacreditar o marido, que não era tão mau como dizia. Então, Paulo referiu tudo: Maurícia tinha carradas de razão. Ele próprio fora testemunha da cena mais aviltante que se pode imaginar para um homem casado. D. Carolina ouvindo estas atrozes revelações, mostrou-se ao princípio incrédula; mas, depois, forçoso foi ter por certas as palavras do filho. Paulo estava triste e indignado e os seus sentimentos eram comunicativos. Sabendo que Maurícia voltara desgostosa, convidou sua mãe para ir com ele e Virgínia aquela tarde buscá-la para tomar chá no engenho. Conhecia quanto Maurícia era melindrosa. "Se minha mãe não for lá, D. Maurícia nunca mais tornará a esta casa".

Ficou assentado que haviam de ir depois do jantar.

# XIV

*M*aurícia despertou, seriam cinco horas da tarde, ao estrondo produzido por fortes pancadas na porta do gabinete. Olhando por aí, viu Bezerra, que arrancava a fechadura, tendo em uma das mãos um escopro e na outra um martelo. Lançando as vistas à alcova fronteira, viu mais que à porta se substituíra um reposteiro de pano verde, em cujo centro se mostrava a palavra - Toilette - feita de letras amarelas.

— Que quer dizer isso? - inquiriu espantada, apontando de pé para a alcova.

— Quer dizer, Maurícia, que eu resolvi dar à minha casa o tom de uma casa de baile. Isto não lhe pode ser desagradável, visto que ninguém ainda teve mais do que a senhora o gosto delicado, que se aprende em Paris.

Passada a primeira impressão que lhe deixava o remoque do marido, Maurícia sentou-se e disse-lhe:

— O senhor fez isso para se vingar do que eu pratiquei ontem?

Bezerra aproximou-se da mulher, e tornou-lhe em resposta:

— E julga a senhora ter praticado uma bonita ação para o seu marido?

— Ao homem que fosse verdadeiramente meu marido eu certo não faria o que fiz; mas o senhor, não obstante dizer-se tal, pode acaso julgar-se com direito a procedimento diverso?

— Maurícia, você anda iludida. Supõe que os homens se devem equiparar às mulheres. Entende que os deveres e os direitos da mulher são idênticos aos do marido. Ignora que o pecado mortal para a mulher não é senão culpa venial para o homem. Estranha que os maridos tenham liberdade ampla em suas ações, e as mulheres só a tenham muito reduzida. Ora, tudo isto são erros, Maurícia! Aceite a sociedade, Maurícia, como é. Se não lhe agrada esta constituição social, tenha paciência, resigne-se. Nenhuma outra será possível, senão passados muitos tempos, e revolvida a atual sociedade desde as suas raízes. Que prejuízo lhe causo com os meus pequeninos passatempos?

— A mim não me causa nenhum prejuízo, senhor, o que me causa é vergonha. Este sentimento é inseparável de toda mulher que, posto educada em Paris, de pequena se afez a ver a maior moralidade no lar dos seus pais, e receber dos seus mestres lições inspiradas em tal sentimento, base da família nos tempos felizes, e o seu esteio, que a impede de vir à terra, quando sopra o furacão dos contratempos. A vergonha é inseparável dos meus olhos, porque eu nunca vi na casa paterna, nunca vi na casa do meu protetor as lastimosas e indignas cenas que o senhor representou em minha casa nos primeiros anos do meu casamento, e agora reproduz depois de empregar os maiores esforços a fim de que eu voltasse para a sua companhia. Priva-me da porta do meu quarto, único meio, que me restava, de cobrir-me contra os seus insultos grosseiros, de resguardar os meus melindres ofendidos por seus ignominiosos amores de palhoça e de cozinha! Espantado, senão atemorizado desta rápida síntese de suas vilezas, que Maurícia fizera com a mesma mobilidade meridional, onde a sua linguagem afetiva deparava raros atavios e encantos, Bezerra, que, ao princípio julgara esmagá-la com sua hostilidade cínica, sobresteve entre o receio de perder a vasa e a dificuldade de a não fazer brava. Quis interromper Maurícia com algumas palavras de dureza, mas ela, ou porque estava cheia de razão, ou porque a sua exaltação lhe não dava lugar a atender senão à sua grande dor, prosseguiu com a mesma veemência que tivera até aí:

— Cumpre absolutamente que de uma vez nos entendamos sobre o melhor modo de carregar a pesada cruz de um casamento desigual. Estou por tudo, menos pelo aviltamento. Por que procede tão vilmente comigo?

Bezerra sorriu cinicamente, e respondeu em termos ignóbeis.

Então, Maurícia ergueu-se arrebatadamente, mostrando no gesto indício de entranhada indignação.

— Se o senhor tem este direito, igual devo ter eu. Mas não! - acudiu imediatamente. Ainda que mo assegurassem...

Maurícia não pode concluir a frase. Bezerra, de pé ao lado dela, ameaçava despedaçar-lhe a cabeça com o martelo que tinha na mão.

— A senhora não sabe o que disse. Quer fazer de mim um assassino?

Maurícia retorquiu sem se acovardar:

— Assassino já é o senhor, assassino do meu modesto e inofensivo sossego; pode bem assassinar-me agora.

As lágrimas saltaram com veemência dos olhos de Maurícia que se sentara novamente.

Bezerra ainda estava de pé em posição hostil, quando se ouviu na sala ruído de passos na banda de fora. Não passou um minuto que a voz de Virgínia ecoou na porta:

— Dá licença, mamãe? Aqui está Sinhazinha, que vem passar com a senhora esta semana.

Maurícia enxugou as lágrimas rapidamente, enquanto Bezerra, sentindo-se enfraquecer, não deu um passo, não disse uma palavra sequer.

Após Virgínia, entraram Sinhazinha, D. Carolina e Paulo. Sinhazinha correu para Maurícia, abraçou-a e cobriu-lhe as faces de beijos. Havia alguns meses que não a via, e estava muito saudosa.

Dando com os olhos no reposteiro, Virgínia não pode suster um gracejo?

— Bravo, mamãe! Em honra de quem é a partida?

— Em honra de Sinhazinha, Virgínia - respondeu Maurícia, tentando sorrir-se, mas em vão. Tinha a noite no espírito.

# O sacrifício

Entretanto, Paulo chegara-se a Bezerra, que se encaminhara para o quarto.
— Há que tempo não nos vemos, D. Maurícia! - disse Sinhazinha. E como está mudada a senhora!
— Acha-me muito mudada? Há de ser assim mesmo. Por que não veio ao casamento de Virgínia? - perguntou-lhe.
— Não pude, mas aqui estou para lhe dar os parabéns e mil beijos.
E as duas moças abraçaram-se e beijaram-se graciosa e ternamente.
— Passará comigo não uma semana, Sinhazinha, mas um mês, disse Maurícia.
E, como quem tivera um pensamento repentino, chamou Paulo.
— Eu estava mesmo precisando de você, Paulo. Olhe: pergunte a meu marido onde pôs a porta que ele tirou de meu quarto, e coloque-a outra vez no seu lugar. Fica o reposteiro assim como está. Quero que você trate disso sem demora, que Sinhazinha dormirá nessa alcova comigo.

Estava neste ponto a conversação, quando se apresentou um moleque que viera chamar Bezerra da parte de Albuquerque. Eis a causa do chamado.

Ouvindo grande vozerio na meia-água, Albuquerque pusera o chapéu de palha do Chile na cabeça, pegara do varapau de quiri, que nunca o desacompanhava em suas digressões pelas lavouras, e encaminhara-se para o lugar, onde se estava dando o barulho.

Fora este travado entre Brígida e Januária. Havia outras lavadeiras presentes, assim como escravas, como moradores do engenho; mas umas e outras continuaram a bater sua roupa sem volver vistas às briosas.

— Quero saber o motivo desta briga - inquiriu o senhor de engenho em tom senhoril e arrogante.

E porque o silêncio foi a única resposta que ainda teve desta vez, Albuquerque ameaçou Brígida de a mandar açoitar no carro, e Januária de expulsá-la das suas terras depois de lhe por a casa abaixo.

A esta voz, a cabocla aproximou-se de Albuquerque e contou-lhe tudo em poucas palavras, que a decência ordena que não sejam reproduzidas.

Albuquerque voltou possuído de estranha comoção. Os olhos se lhe encovaram dentro de poucos momentos, as cores fugiram-lhe da face que ordinariamente pareciam verter sangue.

No mesmo instante, mandou chamar Bezerra.

— Acabo de ter uma prova - disse Albuquerque logo que Bezerra penetrou na sala - de que o senhor é indigno, já não digo do interesse que tomei em melhorar as suas condições, mas de transpor aquela porta, a não ser para sair e não voltar mais. Arranquei-o do leito da morte, ou antes da enxerga da miséria. Restitui-lhe a família, que nunca mais o senhor havia de ter. Dei-lhe um emprego em minha casa. Enfim, fiz do senhor gente. Vejo agora que empreguei mal o meu tempo, os meus esforços e a minha proteção. D. Maurícia - acredito-o agora - foi uma vítima de suas baixe-

79

zas. Está justificada aos meus olhos. Eu, porém, considero-me agora na obrigação de lhe dar plena satisfação, e de lhe provar que fazia do senhor juízo muito superior as suas qualidades. Por isso, exijo que se retire do meu engenho dentro de vinte e quatro horas. Tem aqui um dinheiro à sua disposição. Saia inesperadamente. como inesperadamente entrou por aqui adentro. Com este procedimento me dará plena quitação do que me deve. Albuquerque tirou de uma gaveta algumas cédulas que pôs sobre a mesa do lado de Bezerra. Este não acusou ninguém. Longe de negar o que lhe fora imputado, pediu perdão a Albuquerque, que não lhe respondeu senão com desprezo. Então, Bezerra, passados alguns momentos, fez a Albuquerque um cumprimento e saiu. Grande preocupação o tomava. À noite, não apareceu para o chá. Virgínia, que tudo ignorava, estranhando a ausência do pai, mostrou-se muito sobressaltada. Pela manhã bem cedo, mandou saber se lhe acontecera algum desastre. Maurícia estava, de certo modo, aflita. Bezerra não foi encontrado em parte nenhuma. Seus baús tinham desaparecido. Dias depois, soube-se de tudo pelo menor. Ele fugira, levando em sua companhia a mestiça.

## XV

Sinhazinha viera do Recife com um irmão que voltou logo depois de a deixar na casa-grande. Não podendo assistir ao casamento de Virgínia, sua particular amiga, resolvera, tanto que lhe foi possível, visitá-la, passar com ela oito dias, segundo dissera a menina por ocasião de entrar em casa de Maurícia. Este fim ostensivo da sua vinda era acompanhado de outro fim oculto que particularmente lhe dizia respeito, e que a continuação desta narrativa há de por patente aos olhos do leitor.
Com a ausência de Bezerra, vieram Paulo e Virgínia fazer companhia a Maurícia. Foi esta uma das melhores fases da sua vida e ela não o ocultava. Paulo saía para o serviço, e as três senhoras entremeavam a sua costura com toques e cantos. O piano abriu-se de novo, sacudiu-se o pó das músicas. Às vezes era a leitura de um livro importante, já conhecido de Maurícia e Virgínia, mas não da sua hóspeda que as reunia no gabinete, durante a primeira parte do dia. Ordinariamente era Virgínia a encarregada de proceder à leitura, encargo que ela preenchia com a habilidade de graça que lhe davam lugar tão distinto no seio da família. Depois de jantar, saíam a passeio pelo cercado e não paravam senão na casa-grande, onde Paulo se lhes fazia juntar, e com elas se demorava até tomarem chá.
Fazia já doze dias que Bezerra se ausentara, quando Sinhazinha entendeu que era chegada a ocasião de dizer a Maurícia o que especialmente a tinha levado ao engenho. Para realizar este pensamento, aproveitou-se de uma manhã em que Virgínia fora à casa-grande a chamado de D. Carolina a fim de lhe cortar uns vestidos. Sinhazinha amanhecera nesse dia mais pesarosa do que ordinariamente se mostrava todas as manhãs. Chegou-se para junto de Maurícia, que nesse momento tinha um papel de música na mão e se encaminhava para o piano.
— Faz tanto tempo que estou aqui - disse ela - e ainda a senhora não se lembrou de pedir notícias do Dr. Ângelo, que era tão amigo desta casa.
Ouvindo estas palavras que lhe desceram improvisas no coração, Maurícia sobresteve inopinadamente. O nome do bacharel soava sempre aos seus ouvidos como uma nota de harmonia misteriosa e terrível que primeiro lhe penetrava na alma do que nos sentidos.
— É verdade, Sinhazinha - respondeu. Que novas me dá dele?
E foi sentar-se ao lado da amiga no sofá, atraída pelo assunto que lhe oferecia indizível encanto.

Sinhazinha que, como todos, ignorava as relações que Ângelo e Maurícia tinham por alguns dias sustentado com a maior das lutas para esta e o maior dos prazeres para aquele, não guardou a menor reserva nas suas revelações. Era muito jovem ainda e tinha a maior confiança na mãe de Virgínia à qual se sentia presa por laços de irresistível simpatia e admiração.

Contou que Ângelo estava morando com a mãe e os irmãos em casa da tia; que nos primeiros tempos depois da chegada andara triste e desalentado; que cobrara tédio, à vida, segundo lhe parecia a ela, e emagrecera e se tornara pensativo e reservado; que raras vezes surdia pela casa de Martins.

— Nunca se lhe ofereceu a você ocasião de lhe falar, Sinhazinha? - perguntou Maurícia.

— Isto foi nos primeiros tempos depois que chegou a povoação como já disse. Uma tarde, estava eu no portão sem mamãe, quando vi o Dr. Ângelo apontar na estrada. Quando eu cuidava que ele ia entrar no sítio do Sr. Martins, encaminhou-se para o ponto, onde me vira. Falou-me, perguntou-me por mamãe e seguiu logo depois. Estava melancólico. O luto, que trazia pela morte do pai, contrastava com a sua palidez. Na tarde seguinte, ele passou outra vez à mesma hora e falou comigo. Quis entrar, mas depois desculpou-se dizendo que se equivocara, e tomou para a casa de D. Eugênia. À noite, eu e mamãe nos reunimos aí. O Dr. Ângelo ainda lá estava. Seriam onze horas quando saímos. Não pude dormir. A imagem do Dr. Ângelo ocupava todo o meu entendimento. Eu notara da parte dele certa inclinação para mim que se casava com a que eu sentia por ele desde que comecei a conhecê-lo.

Maurícia não pode suster uma interrogação, metade exprobração, metade surpresa que lhe viera à alma.

— Que está dizendo, Sinházinha?!

E com o olhar inflamado cobriu o rosto da menina, como quem queria de um jato de luz iluminar-lhe, não o rosto, mas sim os recantos de seu coração, e descobrir-lhe os segredos que a inocência e a pudicícia da primeira mocidade não permitiam subir aos lábios dela para se revelarem ainda que fosse a uma amiga.

Sinhazinha prosseguiu:

— Eu não me enganara, D. Maurícia.

— Não se enganara! - exclamou Maurícia.

— Não, não, D. Maurícia. O Dr. Ângelo começava a amar-me, e eu... eu de há muito que o amava.

Maurícia esteve um momento sem saber o que dizer. Faltou-lhe a voz. Seus olhos fixos sobre o rosto da moça tinham a imobilidade dos olhos dos finados; mas, quando era esta a expressão exterior do seu rosto, sentia ela no cérebro o torvelinho e o fogo precursores da loucura.

— Oh! Não imagina como fui feliz durante os dois primeiros meses do meu malfadado amor!

— Malfadado? - inquiriu Maurícia, respirando como quem apartava de seu peito um peso que ameaçava sufocá-la.
— Eu lhe contarei tudo. O Dr. Ângelo não faltou mais de tarde em casa de seu cunhado. Aí conversávamos largas horas. Nos domingos o meu prazer não tinha limites. Eu sentia-me orgulhosa de ser a única dentre as demais senhoras que concorriam ao retiro literário para a qual o Dr. Ângelo tinha todas as atenções. A mãe dele que nos últimos tempos já entrara nas relações íntimas de D. Eugênia, acompanhava o filho, e dava particular encanto à reunião. É uma senhora de alta distinção que cativa pela sua benevolência e brandura de alma. Eu já via nela, não sei por que singular favor da minha fantasia, a minha segunda mãe, quando uma circunstância veio privar-me desta deleitosa união. Uma atriz da companhia dramática, que chegou ultimamente, trouxera para o Dr. Ângelo carta de apresentação de um literato de Lisboa. Essa atriz procurou-o no escritório e entregou-lhe a carta. Ela é bonita, D. Maurícia, como poucas mulheres tenho visto tão bonitas entre nós. Por que motivo não hei de prestar este tributo à verdade?
— Por muito bonita que ela seja - disse Maurícia - não há de exceder a você em boniteza.
— Quando a vi pela primeira vez no teatro, não pude fugir de render certa homenagem ao seu talento e aos seus encantos; mas o que praticou depois, o modo por que ainda procede dão-me o direito de odiá-la.
Depois de um momento de silêncio, Sinhazinha continuou:
— No domingo que se seguiu à apresentação dela ao Dr. Ângelo, e às primeiras representações teatrais, falou-se muito nela no sítio do Sr. Martins. O Dr. Ângelo fez-lhe os maiores elogios; o Martins mostrou-se inteiramente de acordo com ele neste ponto; os outros moços que estiveram presentes só se ocuparam com ela. Oh! A senhora mal sabe quanto eu comecei logo a sofrer por causa dessa mulher.
E os olhos de Sinhazinha arrasaram-se de lágrimas.
Maurícia sentiu mais espanto, mais surpresa do que dor; mas a sua curiosidade e impaciência eram ainda maiores.
— Quantas novidades dentro de pouco mais de três meses! - exclamou com amargura.
— Uma semana depois, comecei a notar grande mudança no Dr. Ângelo. No domingo, faltou ao retiro; no sábado anterior, já tinha faltado ao chá em casa do Sr. Martins, onde, havia mais de um mês, era um dos hóspedes mais certos. Então, pelas conversações dos moços que estiveram presentes, eu inferi que ele estava apaixonado pela Júlia (tal é o nome da atriz). Oh! D. Maurícia, quando me convenci que ele me deixava por essa mulher que nunca será capaz de lhe ter o amor que eu sinto por ele, oh! não sei como não me estalou a cabeça! Há mais de um mês que dura o meu tormento. Não vê como estou? O sono fugiu dos meus olhos, o prazer

abandonou a minha alma. Com a minha tristeza, mamãe anda aflita. Ela sabe de tudo o que se passou entre mim e ele. Tem procurado consolar-me, mas não há consolação para quem sofre como eu. Entrei nesse amor com toda a minha existência. Eu via no Dr. Ângelo, não só a minha felicidade, mas a minha nobreza. Considerava-o já uma parte de mim mesma, quando entre mim e essa parte em que estavam concentrados todos os meus afetos se interpôs fundo abismo, e eu fiquei com todas as angústias que deixa o ladrão no espírito da pessoa a quem roubou o maior tesouro.

Dizendo estas palavras, Sinhazinha deu largas ao seu pranto; e Maurícia, que, no começo da narrativa a ouvia com intenção reservadamente hostil, não pode deixar de comover-se. As lágrimas da ingênua moça eram irmãs das suas; vinham do fundo do coração, porque tinham por origem o amor infeliz.

Maurícia pegou de uma das mãos de Sinhazinha como quem queria animá-la a prosseguir suas queixas, que pareciam poder mais do que ela. Sinhazinha continuou:

— Lembrei-me, então, da senhora para me ajudar a tirá-lo do poder deste monstro encantador que o traz tão escravizado aos seus mágicos feitiços.

— De mim, Sinhazinha, lembrou-se de mim? - inquiriu Maurícia, repentinamente.

— Eu sei que o Dr. Ângelo a tem no maior conceito. Não fui testemunha do modo como ele a tratou no domingo em que estivemos todos reunidos por ocasião do aniversário natalício de D. Eugênia?

— Não tenho a menor importância para ele. Atualmente eu me considero objeto do seu ódio.

— Do seu ódio! Não diga isso. Por que é que ele há de ter-lhe ódio?

Compreendendo que se tinha excedido na revelação do seu juízo íntimo, Maurícia acrescentou, imediatamente:

— Ouviu-o falar alguma vez em mim depois da minha reconciliação com meu marido?

Sinhazinha guardou silêncio por alguns momentos, parecendo procurar na lembrança a resposta que aí não podia achar.

— Ele só tem para mim atualmente ódio, desprezo, ou, pelo menos, indiferença, concluiu Maurícia.

— Por quê?

— Porque vendo-me tornar à companhia do homem, que me infligira as maiores humilhações, inferiu talvez ou que eu me não sinto, ou que tudo quanto me ouvira dizer a respeito desse homem era pura invenção. O Dr. Ângelo, Sinhazinha, não há de formar ainda de mim o juízo que já formou. Aos seus olhos, eu devo ser hoje uma mulher vulgar, senão desprezível. Quantas vezes não terá dito consigo: "Como me enganei com ela!" E, demais não poderia eu fazer para dissuadi-la de prosseguir no caminho escolhido pelos seus sentidos ou pela sua alucinação? O seu apelo a mim,

Sinhazinha, é de todo ponto inútil. Em nome de que sentimento deveria eu falar-lhe a seu favor? Que autoridade tenho? Que armas poderia empregar? Sinhazinha, corando de pudor, pôs um dos braços à roda do pescoço de Maurícia, e em voz branda e tímida respondeu como quem lhe segredava ao ouvido grave revelação.

— A senhora tem a autoridade do seu talento, tem as armas das suas graças a que ninguém resiste.

— Quanto você é ingênua! - exclamou Maurícia.

— Que quer que eu lhe diga? - respondeu a jovem lacrimosa. Toda a minha confiança, toda a minha esperança está posta na senhora. Diz-me o coração que se a senhora tomar a si a minha causa ela triunfará. Condoa--se de mim, minha querida amiga. Este amor é hoje a minha existência; sem ele, que será de mim? Olhe, eu tenho refletido muito no meu estado e nos meios de conjurar os males que sobre ele pesam. Há mais de um mês que o Dr. Ângelo não aparece em casa do Sr. Martins; mas se ele souber que a senhora vai passar alguns dias na estrada, ele há de voltar; e talvez com ele volte para mim a felicidade. Seja o meu bom anjo, D. Maurícia. A ocasião é oportuna. Há mais de três meses que a senhora não vai ao Recife.

Maurícia, sem dizer sim, nem não, levantou-se a modo de distraída por oculto pensamento. Entre as músicas que estavam sobre a mesa, escolheu uma que pôs na estante do piano e entrou a tocar e a cantar. Sua voz tinha particular ternura. Eram graciosas as harmonias, mas tristes, quase dolorosas.

# XVI

O que Sinhazinha contou a Maurícia não era senão a verdade. Apenas Ângelo soube, por boca de Martins, que a cunhada ia unir-se outra vez ao marido, considerou despedaçados os estreitos elos que o tinham tão intimamente ligados aos seus encantos. Ao princípio, só teve para ela indignação e desprezo; mas posteriormente, refletindo melhor sobre as circunstâncias fatais que seguem de perto o casamento, tratou de esquecer-se dela, julgando-a antes digna de sua compaixão do que do seu rancor. Então, seu coração readquiriu a perdida independência. Muitas vezes, meditando em silêncio, concluía a ordem das suas ideias por este conceito: "Ando por entre duas sepulturas - a do meu pai e a do meu amor. Parecia-lhe que nunca mais havia de ressuscitar este em seu coração como aquele não havia de ressuscitar mais na vida. Considerava essas duas perdas irreparáveis e equiparava a importância de uma à da outra. No meio das suas tristezas, uma única consolação servia-lhe de amparo e impedia que caísse de todo desalentado e vencido - era a de ser útil à mãe e aos irmãos menores. "Esta herança que me deixou meu pai - dizia, referindo-se aos entes queridos que tinha a seu cargo - hei de defendê-la e zelá-la, não só porque desde o momento em que não a tiver comigo, me considerarei desligado inteiramente deste mundo, e só me restará desaparecer do banquete da vida."

Tal era o estado da sua alma, quando uma tarde, passeando pela estrada, se lhe deparou Sinhazinha de pé no portão, suavemente beijada pelos últimos raios do sol poente. A menina trajava vestido de azul desmaiado como o do céu por noites de luar. Tinha uma saudade entre os cabelos. Os olhos lânguidos e ternos, ela os volvia brandamente para o lado donde ele se encaminhava. Vendo-o, corara ligeiramente. Este excesso de pudor produziu no coração de Ângelo, que ele julgava profundamente adormecido, senão morto, indizível impressão semelhante à que experimenta aquele que acorda de diuturno sono. Por essa ocasião, afirmando a vista no rosto da menina, descobriu-lhe modestos encantos em que nunca fizera reparo. Não tinha o intento de lhe falar, mas misteriosa fascinação o reteve junto dela por alguns momentos. Ouvindo-lhe a voz, achou-a engraçada. "Onde andava eu - disse consigo, que nunca adverti nesta suave e tímida harmonia?" Dois meses depois deste encontro e destas observações, os dois jovens, entendendo-se, eram como dois espelhos postos um defronte do outro - refletiam-se e iluminavam-se mutuamente.

# O sacrifício

Foi por esse tempo que Ângelo conheceu Júlia, cujos encantos tinha a vivez dos painéis pintados a fresco. Sinhazinha tinha a beleza correta, mas silenciosa e modesta das gravuras; Júlia trazia no rosto o colorido ardente, nos gestos a majestade que a arte ensina e que senhoreia os espíritos mais altivos.

Júlia, entretanto, não era de todo estranha e indiferente aos seus sentimentos elevados; seu coração guardava ainda restos de simpatia para as afeições ardentes e irresistíveis; ela era ainda capaz de amar, e chegou até a amar Ângelo. Educada no centro literário, iluminado ainda pelos graciosos talentos de Lopes de Mendonça, Rabelo Silva e tantos outros escritores de que hoje só restam ilustres e saudosas lembranças, ela não podia eximir-se de se sentir arrastada para o bacharel que nas horas vagas escrevia para as primeiras folhas do Recife, compunha dramas e romances, e sustentara um periódico literário, que deixou ligado ao seu nome honrada e vantajosa memória. Quando Ângelo finalizou a leitura do seu primeiro drama em presença da companhia, o qual um mês depois passou pelas provas públicas, Júlia foi a primeira que teve para eles palavras de admiração e demonstrações de simpatia. Ângelo começou então a viver exclusivamente para o teatro.

Estava na maior intensidade essa paixão, quando Ângelo foi sabedor da fugida de Bezerra. Lembrou-se de Maurícia, e do que se passara meses antes entre ela e ele; mas a lembrança depressa se desvaneceria se logo depois ele não tivesse recebido uma carta de Maurícia, acompanhada de uma tradução da Lélia, de George Sand, que ele lhe pedira no dia da festa natalícia de Eugênia para publicá-la no periódico que tinha a seu cargo.

Grande foi a surpresa de Ângelo ao receber a carta de Maurícia. Ao princípio, pareceu-lhe que era vítima de alguma conspiração teatral, visto que, na companhia as suas relações com Júlia já tinham suscitado despeito e hostilidades surdas; mas, atentando na letra, reconheceu que a carta era de Maurícia; esta nunca lhe havia escrito nenhuma regra; mas ele conhecia sua letra de a ver em carta e em músicas dirigidas a Eugênia. Demais, ali estava a tradução que ele pedira, há tempos, e o acompanhamento da sua poesia, que Maurícia lhe prometera.

Ângelo, dando a tal episódio a importância que lhe merecia, pôs-se a refletir maduramente; e logo uma multiplicidade de interrogações encheu o seu entendimento. Por que lhe escrevera? Que era lícito inferir de lhe escrever ela depois da fugida do marido? Como se explicava o não se ter esquecido ainda dele e do pedido que lhe fizera? Ângelo sentiu-se volver ao passado, que já tivera tanta esperança e tanta grandeza para ele. Maurícia foi pouco a pouco reaparecendo em sua imaginação por entre mil hesitações, temores, promessas vãs, riscos iminentes, ausências repentinas, sorrisos e lágrimas.

Agora, as condições não eram as mesmas. As circunstâncias que cercavam a evasão de Bezerra foram tão singulares que tornavam impossível nova reconciliação.

87

Maurícia estava, portanto, livre, inteiramente senhora das suas ações. O antigo amor que mostrar por ele tinha ressurgido, e era disto prova evidente aquela carta. No espírito do bacharel a imagem de Maurícia desenhou-se diante da de Júlia, estabeleceu-se logo muito naturalmente o confronto entre estas duas tentações; Ângelo não hesitou senão por alguns segundos; aquela venceu esta.

Ângelo, porém, enganava-se ainda desta vez. Não era o amor de Maurícia que voltava; era uma nova luta que se ia travar para arrancá-lo do poder da atriz. Uma grande generosidade estava oculta nas demonstrações do ressurgido amor.

A situação de Maurícia nunca se afigurara tão cruel para ela. Apenas livre de um tormento, já caía a infeliz senhora em outro porventura maior. O amor de Sinhazinha assombrou-a como se fora um espectro. Quando ela, de noite, refletiu sobre o que a amiga da sua filha lhe revelara pela manhã, mal pode resignar-se a não lhe disputar a presa. Mas esta presa já estava nas mãos de outra mulher, e ela não tinha armas apropriadas para combater esta nova inimiga a que o teatro devera ter ensinado a arte de prender as suas vítimas em cadeias de flores envenenadas, pareceu-lhe arriscada empresa. Mas devia cruzar os braços, vendo escravizado aos pés dela o objeto dos seus afetos? O seu amor, e especialmente a sua vaidade, pela primeira vez estimulada, não lhe aconselharam a abstenção, antes a incitaram para a luta, ainda que de duvidoso resultado. Este poderia ser favorável aos seus intuitos, se ao plano procedesse rigoroso exame e se antes do emprego das armas ficassem assentados os melhores meios.

— Escrever-lhe-ei, Sinhazinha. Não acha melhor que eu escreva antes de irmos?

— É melhor! É melhor! - disse a menina.

Não obstante a promessa feita à Sinhazinha com grandes veras, Maurícia julgou prudente espaçar a sua ida ao Recife. A menina, cansada já de contar as semanas, os dias, as horas, começava a descrer da amizade e benevolência de Maurícia, quando, por uma tarde de novembro, a carruagem de Albuquerque parou no portão do sítio de Martins, e dela saltou a mãe de Virgínia, desacompanhada desta. Sinhazinha criou alma nova; correu à casa de Eugênia, abraçou-se com Maurícia e umedeceu-lhe o colo com lágrimas de alegria. Eram passados dois meses depois da sua estada no engenho.

No dia seguinte Martins procurou Ângelo no escritório. Achou aí um sujeito de quarenta e cinco anos, a quem Ângelo dava um tanto para abrir todos os dias a casa, varrer a sala, espanar os móveis e os livros, receber e entregar os autos. Chamava-se Jacinto.

Notando Martins que, sendo onze horas da manhã, Ângelo não estivesse ainda no escritório, o Jacinto respondeu:

— Nem virá tão cedo.

— Demora-se muito?

— Só estará aqui por volta das duas horas.
— Mas isto não acontece todos os dias - advertiu Martins.
— Todos os dias - tornou Jacinto.
— Até agora, quero dizer, há três meses atrás não era assim. Nunca deixei e encontrá-lo no escritório depois das nove e meia.
— Já lá se foi esse tempo. Agora, o doutor vive mais para as atrizes e os espetáculos que para as partes e os autos, Martins, bom amigo, não quis alentar o diálogo sobre assunto tão escabroso. Demais, ele nada ignorava do que lhe dizia o ajudante, ou antes o servente de Ângelo. O Jacinto, porém, que tinha o vezo de dar com a língua nos dentes, prosseguiu sem se importar com a reserva de Martins.
— Isto não vai bem. O doutor não despacha os autos, e não ouve as poucas partes que ainda o procuram. Se o senhor se demorar algum tempo, há de ver protocolistas virem buscar os papéis retardados, e voltarem ainda desta vez sem eles. O doutor está precisando de conselhos. Se o senhor é seu amigo, não deixe de dá-los.
— Voltarei às duas horas - tornou Martins. Se, na minha ausência, Ângelo aparecer, diga-lhe que espere por mim.
— Não tenha susto. O senhor há de vir e de esperar ainda por ele.

Martins desceu, sentindo longes de tristeza na alma. Era um homem que devia ao menos gratidão a Ângelo que fazia dele tão boas ausências.

No pé da escada um oficial de justiça estava conversando com um procurador de causas. O primeiro dizia que Ângelo lhe devia ainda uma dezena de intimações atrasadas; o segundo viera cobrar o restante de um débito, proveniente de trabalhos que o jovem bacharel o encarregara fora da cidade. O procurador dizia ao oficial:

— O dinheiro que o homem apanha é pouco para comédias, presentes, passeio a carro e outras loucuras.

O oficial respondeu ao procurador:

— Um dia destes tive em minhas mãos um requerimento chamando-o a conciliação por trezentos mil-réis que ele deve ao Pereira, que tem loja de fazendas na Rua do Queimado. Não quis encarregar-me da citação para o doutor não dizer que, se ele não me devesse, eu não me animaria a citá-lo.

Ainda quando Martins não formasse do estado de Ângelo o juízo mais aproximado, estes esboços feitos a carvão, como os desenhos obscenos dos moleques nas paredes, foram mais que bastantes para que de tal estado não lhe restasse a menor dúvida.

E, dando o devido desconto ao que ouvira, encaminhou-se para o ponto onde exercia a sua indústria, e aí se deixou ficar até às duas horas; trinta minutos depois, entrou novamente no escritório.

— Estás mal comigo, Ângelo? - perguntou ao entrar.
— É a mim que me cabe fazer-te esta pergunta.

— Estive ontem à noite em tua casa. Tinhas ido ao teatro. Tomei chá com tua mãe e tuas tias. Vi teus irmãos. Um deles pareceu-me estar já perdendo ao ano.

— Conheces algum mestre brando, benévolo e paciente? Não quero expor meus irmãos ao desamor de certos professores que tornam odioso aos meninos o mister de aprender.

— Tenho um primo que é um professor exemplar. Falar-lhe-ei amanhã. sobre a entrada de teu irmão na sua escola; e, na semana vindoura, pode o menino começar o trabalho. Mas - mudando de assunto - qual a razão do teu afastamento de minha casa. Lá ninguém tem ofendeu.

— Não tenho aparecido por estar muito sobrecarregado com trabalhos;

— Forenses?

— Na maior parte.

— Queria-me parecer, ao entrar aqui, o contrário do que estás dizendo. Há três para quatro meses que não venho ao teu escritório, e em tão curto espaço de tempo noto agora grande diferença. Então, via-se o escritório ordinariamente cheio de clientes; hoje, vejo-o deserto. Somos três os que estão aqui - eu, tu, e ali o Sr. Jacinto, matando moscas. Como vais com o teu jornal.

— Agoniza. Muitos dos assinantes não renovaram as assinaturas e ver--me-ei na contingência, se não entrarem novos que compensem os que não tornaram, de suspender a publicação.

— Deves à tipografia?

— Estou num pequeno atraso.

— Entretanto, há quatro meses era próspero o estado do jornal. Não se deverá atribuir o resfriamento dos assinantes à publicação quase exaustiva de traduções e transcrições, em vez de artigos originais, em que até certo tempo te mostraste tão fecundo?

— Talvez. De fato, não tenho tido tempo de escrever como já escrevi. Ando a modo de preocupado.

— Andas; e é sobre isto que venho tomar-te alguns minutos.

— Senta-te aqui.

Ângelo e Martins encaminharam-se para um gabinete curto e estreito, que corria paralelo à sala, onde aquele tinha a sua mesa e estantes. Ângelo recostou--se sobre um sofazinho de vime, que com duas cadeiras de braços adornavam o pequeno aposento. Martins sentou-se em uma das cadeiras, e começou assim:

— Ângelo, venho falar-te sem outra autoridade senão a de amigo sincero que te deseja mil prosperidades e muitas glórias que redundem em proveito dos teus.

— Podes falar com toda a liberdade. Sou o primeiro a reconhecer que uma das minhas mais urgentes necessidades é a de ter um amigo que me dê saudáveis conselhos.

— Vim resoluto a dá-los. Tua mãe, tão discreta, tão conformada com a sua sorte, teve ontem para mim maternais franquezas e comovedores ressentimentos. Considera-te, não sem razão, afastado do caminho que sempre soubeste trilhar, ainda quando estavas nos teus verdes anos. Este triste resultado ela o atribuiu ao teatro, que deve ser, e, quando bem compreendido, certamente escola de bons costumes, edificativa de sã moralidade por exemplos de altas virtudes sociais e domésticas. Sem o afirmar positivamente, deu-me a entender que tudo o que ganhas pela tua profissão das mãos te sai para despesas vãs e inúteis.

Martins ficou aqui. Pousara as vistas no amigo, e pela expressão do semblante parecia ter toda a alma empenhada em conhecer o efeito das suas reflexões. Este não tardou muito a revelar-se; Ângelo, deixando o encosto do sofazinho, sentou-se e respondeu:

— Não obstante chegarem fora de tempo os teus conselhos, ganhaste com eles novo direito à minha gratidão pela boa intenção que os inspirou.

— Chegaram fora de tempo? - inquiriu Martins quase inquieto.

— Estão inteiramente extintas as relações que me prendiam à Júlia.

— Obrigado, obrigado, Ângelo! - disse Martins com efusão de sentimento que não pudera reter em seu coração. Está então tudo acabado?

— Tudo, tudo.

Martins procurava no pensamento uma forma, uma frase mais viva para manifestar o seu contentamento ao amigo de infância, quando viu nos olhos deste duas lágrimas a bailarem.

Levantou-se comovido e triste. Deu alguns passos em silêncio pelo gabinete. Ângelo, compreendendo o que a sua fraqueza devera ter feito gerar-se no espírito do amigo, passou o lenço pelos olhos e foi ao encontro de Martins.

— Não duvides das minhas palavras. Senti, sinto ainda o golpe, mas definitivamente está tudo acabado entre mim e essa mulher. Onde havia paixão violenta há agora uma barreira ingente, que nem eu transporei, nem ela transporá. Tive por Júlia grande amor, que ela me retribuiu com isenção de ânimo até pouco tempo. Há duas semanas comecei a notar de sua parte não só resfriamento mas esquivança. Faltou ao prometido, deixando-se ficar na caixa do teatro. Anteontem de tarde, cometi um ato de loucura. Meti-me num carro e mandei tocar para o Monteiro. Ela mora numa casa de terraço com gradil, sobranceira à estrada.

— Sei onde é.

— Júlia estava no terraço, quando apontei na estrada e tanto que me avistou fugiu para dentro. Fiquei indignado. Assaltou-me o pensamento de lhe fazer qualquer manifestação insultuosa; por exemplo, a de lhe atirar uma luva, se ela aparecesse no momento de passar o carro defronte da casa. Ela não apareceu, mas eu estava trêmulo de raiva, e quase não podia governar-me. Mandei parar o carro, meti num dos dedos da luva um anel, que ela me havia dado de presente, e, pondo-me de pé, atirei a luva e o anel por cima do gradil. Não pude dormir. Mau espírito perdeu-se em vãs conjunturas sobre a origem do desdém de Júlia para comigo. Hoje, seriam dez horas da manhã, entrei no teatro. Ela não fora ao ensaio. Quando eu saía, o porteiro veio ao meu encontro e entregou-me uma carta que podes ler.

Martins tomou a carta e leu:

"Não pense que sou uma mulher vulgar. Sinto ainda pelo senhor grande paixão, não obstante ter assentado cortar todas as relações que existiam ente nós. A explicação do meu procedimento é a que passo a dar. Vieram dizer-me que sua mãe estava sofrendo por meu respeito. Ora, eu venero a mãe de quem quer que seja. Para atalhar os padecimentos de minha mãe, casei-me contra a minha vontade. Ela acompanha-me por toda a parte; por ela tenho feito e farei os maiores sacrifícios. Condoí-me, por isso, de sua mãe sem a conhecer. Por que havia eu de prolongar os eu sofrimento? Se eu pudesse aspirar a possuir o senhor até a morte, talvez o egoísmo, sentimento cruel, me desse ânimo para sustentar a luta com o sentimento maternal, e disputar-lhe a vitória; mas poderei acaso, sem dar triste ideia da minha razão, nutrir semelhante esperança? Presa pelo destino, falaz e fatal. ao teatro, mundo sombrio sobre o qual, se algumas vezes assoma o sol da glória, é mais para mostrar as suas manchas do que para projetar a sua luz, o que me cumpre fazer senão resignar-me ao meu papel e à minha condição? Aceitei por isso a proposta que me fizeram do Maranhão e seguirei para ali no primeiro vapor. Peço-lhe que se esqueça de mim, e que me perdoe esta resolução, como eu perdoei o seu insulto que me lançou fel no mais íntimo da alma.

J."

— Tens medo dessa mulher, Ângelo - disse Martins, concluída a leitura da carta. E como é possível que ela algum dia volte a repetir a luta com o amor maternal para lhe disputar o seu penhor predileto, não será por demais quebrar esta arma que ela deixa em tuas mãos contra ti mesmo.

Dizendo estas palavras, Martins fez o gesto de rasgar a carta de Júlia. Ângelo correu a tolher que ele levasse a efeito a intenção apenas denunciada.

— Não rasgues a carta.

— Peço-te perdão, Ângelo. O crime está cometido.

Os pedaços, em que Martins pusera o papel, rolaram aos pés dos dois amigos.

— Não me queiras mal por isso. Quebrei uma arma que estava dirigida contra o teu coração.

— Receias que façamos as pazes? É impossível. Depois, Júlia embarcou ontem. Não viste a data da carta? Foi escrita há três dias. Não é uma mulher vulgar. Pode mais que o seu amor.

— É ainda este juízo que formas dela? Queres saber porque foi que deixou o Recife? É fácil de compreender esta abnegação. Do Maranhão ofereceram-lhe maiores vencimentos. Mas ou a verdade esteja contigo, ou

comigo, dou-te os parabéns, e vou pedir alvíssaras a tua mãe.
Martins ia sair, quando volveu imediatamente sobre os seus passos.
— Tinha-me esquecido de dizer-te que Maurícia chegou ontem à noite a Caxangá, disse.
— Ah!
— Não te admires. Se não andasses tão longe do mundo onde vives, se não tivesse até estas presentes horas o espírito tão perto da luz, já terias acertado com a origem da vinda dela; Vê lá se podes adivinhar.

Ângelo em vão procurou o alvo indicado pelo amigo. Foi para ele um ponto inacessível, invisível, um mistério impenetrável. O que em seu entendimento desenhou-se imediatamente com as mais vivas tintas foi a imagem de Maurícia tal qual a vira ele na tarde rica de encantos e ilusões em que fora com ela do Caxangá até a porta do engenho. Lembrou-se das cenas vivas, das frases apaixonadas, dos castelos brilhantes que depressa se haviam desvanecido como neblinas. Teve saudades daquela criatura esplêndida, que ele durante os quatro últimos meses odiava e desprezava.

Martins tirou-o do seu enleio com estas palavras:
— Estamos em vésperas de dezembro.
— Quererás dizer que ela vem passar todo o mês, que vai entrar, na estrada de João de Barros?
— Não, Ângelo. Ela vem ensaiar os versos que deve cantar por ocasião das novenas da Conceiçõazinha, as quais prometem este ano ser esplêndidas. Não hás de faltar.
— Quais são as cantoras?
— As que costumam cantar todos os anos, as nossas vizinhas mais próximas- Iaiá, Sinhazinha e outras. Aposto que não sabes mais quem é Sinhazinha - acrescentou com ares brejeiros.
— Hei de reconhecê-la, hei de reconhecê-la - tornou Ângelo, não sem rápida perturbação.

Então, Martins, trocando os ares de há pouco pelos que assumem as pessoas picadas que repelem a palavra ou gesto ofensivo, redarguiu:
— Pois não hás de reconhecê-la, Ângelo. Tu a puseste a um passo da sepultura.
— Eu?

Martins saiu, deixando o amigo absorto em mil conjeturas, que revoavam entre a forma de Maurícia e a da filha de D. Sofia como bandos de irrequietas aves, mensageiras de próximas tormentas, tão naturais nos corações humanos.

# XVII

Compreendendo Maurícia quanto devera custar a Ângelo aproximar-se dela depois dos fatos passados nos últimos meses, tomou a resolução de ser a primeira que fosse ao seu encontro; e, na mesma tarde da entrevista dos dois amigos no escritório, dirigiu-se à casa de D. Rosalina com o fundamento de visitar D. Matilde, mãe do bacharel.

D. Matilde era um tesouro de afetos e qualidades raras, entre as quais primava a naturalidade nas palavras e ações, que muitas vezes vale mais que a urbanidade, prenda dos espíritos cultos, mas nem sempre indício de bom coração.

Se na visita houve pretexto, houve também o desejo que Maurícia alimentava, desde que vira Ângelo, de conhecer D. Matilde.

A visita foi motivo de prazer para as duas senhoras. Como se de há muito as ligara forte laço de afetuosa e provada amizade, a maior franqueza e mais larga confiança animaram a conversação. Falaram de si e dos entes que mais estimavam na terra; falaram dos seus infortúnios, da sua descrença e das suas esperanças; nem foram esquecidos na prática amiga os seus hábitos, os seus desejos, as suas inclinações. Para tão larga expansão não contribuiu pouco estarem sós, visto que D. Rosalina tinha saído com sua irmã e as crias a passeio pela arrabalde.

Quando Ângelo penetrando na sala, deparou ao lado de D. Matilde a mulher que te novo começava a ter em seu pensamento o primeiro lugar depois de sua mãe, empalideceu e emudeceu um momento com o inesperado abalo. Vendo-o perplexo, Maurícia levantou-se, encaminhou-se para ele e estendeu-lhe a mão, que ele tomou com solicitude.

— Não se admire de me ver aqui, disse ela. Não se lembra de que, conversando comigo em casa de meu cunhado - vai para seis meses - declarou que teria prazer em aproximar-nos? Apressei-me em proporcionar-lhe esse prazer.

A esta amabilidade, que parecia vir do intrínseco da alma de Maurícia, correspondeu Ângelo com amabilidade senão tão íntima, certo de não inferior cortesia.

— Assim praticando a senhora acaba de escravizar ainda mais o meu coração, já tão escravo dos seus dotes; e o prazer que havia de experimentar aproximando minha mãe da senhora, duplicou-o não só a fineza, mas também a honra de sua visita.

À tardinha, Ângelo e D. Matilde acompanharam Maurícia para a casa de Martins e aí ficaram para o chá. Era um dos primeiros dias de dezembro; no dia seguinte deviam começar as novenas da Conceiçãozinha. Maurícia tinha sido convidada pelos juizes da festa a cantar uns versos compostos pelo benemérito poeta pernambucano Torres Bandeira. Por motivo de moléstia, Virgínia não tinha acompanhado a mãe ao Recife; mas depressa deveria vir, logo que melhorasse, a fim de tomar parte na solenidade. Na casa de Martins, iam repetir-se os suaves regozijos de que era todos os anos, por aquele época, natural estância, visto ficar perto da capelinha e ser durante o ano o centro onde se ajuntavam as primeiras famílias das vizinhanças. Havia na sala umas dez ou doze senhoras, entre as quais as nossas conhecidas D. Rosa, D. Sofia, Iaiá, Sinhazinha, D. Teodora e sua filha Teresinha. Não eram muitos os homens. Se levarmos em conta Ângelo e Martins, mostrava-se o irmão de Sinhazinha, por nome Alfredo, que tinha especial motivo de estar ali - andava arrastando asa para a Iaiá; um moço empregado em uma das repartições públicas, Honório Lins, que pela segunda vez viera à casa de Martins; e por último o mestre de piano, o Silvério, muito estimado da melhor sociedade do Recife. O Salustiano, de quem os leitores talvez se lembrem ainda, prometera comparecer, mas faltara, receando acaso as judiarias de alguns estudantes dos quilates do Azevedo, que seis meses antes tantos risos despertara à custa dele.

Tinham se reunido as senhoras para proceder ao ensaio geral dos versos que deviam ser cantados na noite seguinte. Chegando o momento de dar-se começo ao piedoso exercício, as moças encaminharam-se para o piano. Já ali estava Silvério que com mágicos prelúdios abafou o farfalhar das saias ruidosas das cantoras.

Então, Maurícia começou a cantar. Dir-se-ia que na longa ausência sua voz fizera aquisição de novas harmonias até àquele momento desconhecidas dos ecos da estrada. Essas harmonias tinham sentimento e grandeza. O motivo era religioso, mas os tons de certas profanidades afetiva, a frescura e a vivacidade que não parecem muito compatíveis com os graves acentos e a morna languidez das músicas sacras, estavam traindo de parte dela certo desejo, certo empenho em ser mais agradável ao amor profano do que ao amor divino. Maurícia cantava exclusivamente para Ângelo ouvir; a vaidade tomara lugar da devoção.

Terminados os versos, ela veio sentar-se ao lado de Ângelo, junto de uma janela, enquanto as outras moças, que se haviam mostrado mal ensaiadas, ficaram ainda ao pé do piano para repetir o estribilho.

— Por que falou tão friamente com Sinhazinha? - perguntou Maurícia ao bacharel a meia voz. Há três meses não lhe falava assim.

— Quem lhe disse que eu falava de outro modo?

— De tudo, ando informada. A paixão tem linguagem mais viva ao seu serviço.

— Nunca senti paixão por Sinhazinha.

— Para que diz isto? Não desça do lugar que já ocupou no altar do seu coração aquele delicado ídolo.

— Quem lhe disse o contrário, faltou à verdade, D. Maurícia. Eu só senti uma paixão na vida; essa existe ainda tão veemente, tão profunda como nos primeiros tempos.

Maurícia sorriu tristemente.

— Cuida o senhor que, por estar morando distante duas léguas do Recife, não sei dos seus passos? Sinhazinha tem-lhe uma grande inclinação, que o senhor ainda retribuiria como nas primeiras semanas, se os seus trabalhos dramáticos não lhe tivessem voltado inteiramente a cabeça para o teatro, a ponto de o tornarem esquecido das suas mais íntimas afeições.

— Sei ao que pretende aludir - respondeu Ângelo, algum tanto contrariado. Foi tudo isso um sonho de poucos meses. Está tudo acabado.

— Não diga isso. Não é possível o que está dizendo. As paixões não se desvanecem como os sonhos. Aquelas que assim se desvanecem não são paixões, são pretensões materiais e falazes, são desejos desprezíveis que só podem ter morada em ânimos frívolos, em almas vulgares. Eu não compreendo as paixões deste modo. Eu as comparo com incêndios que ordinariamente terminam depois das grandes destruições, não deixando lama, senão cinzas.

Ângelo respondeu: — Nunca senti paixão por essa mulher, nem por Sinhazinha. A maior, a única que ainda me tomou na vida foi a que a senhora me inspirou. Esta existe ainda; existirá sempre.

— O senhor está enganado - disse Maurícia, sorrindo ironicamente.

— Enganado! Pensa que, se não fora a senhora, eu estaria aqui?

— Mas para que há de ser ingrato e injusto? Veja Sinhazinha como o procura com a vista. Ela tem direito a retribuição diferente desta. Demais, por que há de insistir em avultar um castelo que, se existe na sua imaginação, não tem alicerces no seu coração? Declaro-lhe positivamente, Sr. Dr. Ângelo, que não creio em sua paixão por mim; mas, ainda quando esse impossível sentimento não fosse a trivial ilusão, que suponho, crê o senhor que eu poderia alimentá-lo? Sou escrava do meu dever.

— Pois sim, sim - respondeu Ângelo com maus modos. Não falemos mais nisso, minha senhora.

E levantou-se para por o charuto fora.

Com pouco, concluído o ensaio do coro, Maurícia e as outras senhoras passaram à sala de jantar, onde se serviu o chá. Ângelo não falou mais com Maurícia esta noite. Às dez horas, despediu-se, tomou com sua mãe o caminho da casa.

Nessa mesma note, Maurícia soube que tinham cessado as relações de Ângelo e Júlia. Martins referiu com demonstrações de satisfação a parte essencial da entrevista no escritório. Já era meio caminho andado. Esta revelação veio mudar os seus planos de luta para tirar o bacharel do poder da atriz. Tinha vindo mais para entrar nessa luta do que para praticar devoção, visto que tomara à sua conta o futuro de Sinhazinha. Mas sendo outras as circunstâncias, julgou conveniente aproveitar-se das facilidades que elas ofereciam. A luta agora deveria travar-se exclusivamente com o bacharel. Maurícia esperou pela primeira ocasião. Esta ofereceu-se na noite seguinte, depois da conversa. Havia luar. A temperatura estava fresca e saudável. Maurícia propôs um passeio pela estrada, e a sua proposta foi aceita. Dividiu-se o juntamento deste modo: Alfredo e Iaiá rompiam a marcha; duas senhoras do Recife, que tinham ficado por instâncias de Martins e Eugênia, seguiram com estes após aqueles; Sinhazinha e D. Matilde seguiram, após o segundo grupo; Maurícia e Ângelo iam atrás de todos.

— Está zangado comigo? - perguntou Maurícia ao advogado.

— Queria que eu não ficasse magoado com os seus cruéis desenganos?

— Mas o que lhe posso dizer, Sr. Dr. Ângelo? Que quer o senhor que eu lhe diga?

— Quero que me diga que corresponde e corresponderá ao meu afeto com a veemência que é o primeiro sinal, ou antes, a essência do meu. Não lhe mereço este sentimento? Não tenho mais nada com mulher nenhuma. Deixe que eu seja franco. Durante alguns dias, senti certa simpatia, inclinação por Sinhazinha; ela não é feia; é até elegante e tem muito boas qualidades espirituais. Percebi essa inclinação e cheguei a alimentar, por palavras e obras, no espírito da Sinhazinha a esperança de vir a ser, no futuro, seu marido. Eu estava por esse tempo inteiramente desenganado do seu amor, D. Maurícia. A senhora tinha voltado à vida conjugal; sua filha tinha casado; tive por certo que nunca mais se mudassem estas circunstâncias, que excluíam qualquer possibilidade de reatarmos as nossas relações violentamente despedaçadas pela sua ilusória reconciliação. Descrente, descontente, sentindo dentro em minha alma dobrado vácuo deixado pela morte do seu amor e pela morte de meu pai, era fácil ser atraído por essa gentil menina e ficar algum tempo enleado. Eu achara graça na sua modéstia, na sua timidez e, sobretudo, nas suas idealidades, porque eu estava sem ideal. Depois, conheci outra mulher, que, por seus sentimentos arrebatados, seus talentos artísticos me teve preso por poucos meses junto dela, numa ilusão confusa e atordoada, humaníssima, no estado em que eu vivia. Quando esse astro desapareceu dos meus olhos, tinha já fugido antes dele do meu pensamento a imagem da jovem singela, que fora o meu santelmo nos mares cruzados da vida e - coisa singular! na imensidade do meu espírito, assim desocupado, ressurgiu a sua forma, a sua pessoa, que eu julgava de todo morta. Eis a verdade. Pois bem: quando eu esperava que as suas primeiras palavras para mim fossem poemas de consolação e idílios de esperança; quando eu supunha que, estando a senhora livre como está - e para sempre, porque seu marido não há de tornar mais nunca - não teria para mim a expansão franca e expontânea do amor imenso que é compatível com o seu imenso coração, o que cai dos seus lábios, no entanto, são sentenças cruéis, que vêm aumentar a aridez de minha alma, já queimada pelo fogo de tantos desenganos.

— A sua ilusão, Sr. Dr. Ângelo, tem um falso fundamento. Pensa o senhor que eu estou livre, quando eu sinto ainda pungir-me o pulso a cadeia de ferro, que me prende a meu marido, e não se partirá senão com a morte de um de nós dois. Eu não estou livre, continuo a ser a escrava infeliz, que, embora na ausência de seu senhor, sente, ao pensar na sua mísera condição, a ponta do azorrague machucar-lhe as carnes. Hoje, é muito mais melindrosa a minha situação do que antes do casamento de Virgínia; o senhor compreende sem dificuldade que a uma filha casada tem sua mãe muito mais rigoroso dever de dar exemplos de honestidade, do que a uma solteira, do que a uma donzela, que traz em sua condição parte de sua defesa. Não é certo que a corrupção chega muito mais facilmente, porque chega sem deixar vestígios, ao seio da consorte do que ao seio da virgem? Não tenha mais nenhuma ilusão a meu respeito. Estou morta para o amor, a não ser para o amor maternal.

Estas palavras levaram o gelo à alma do bacharel, que estava em fogo um momento antes. Ele parou. O luar cobria-os de suave claridade, que ajudou Maurícia a distinguir no semblante de Ângelo indícios de íntimo desespero.

— Mas, então, disse ele como quem não achava palavras para exprimir com precisão as suas ideias, por que de lá mesmo onde estava, não cortou com decisivo e rude golpe esse amor parasita que me corrói o coração? Por que me escreveu a senhora? Por que teve para mim nessa carta expressões que se parecem com saudáveis confortos e promessas de prazer eterno? Tenho aqui comigo a sua carta. Muitos e ardentes beijos têm meus lábios imprimido nela.

Ângelo tirou do bolso a carta que Maurícia lhe enviara com a tradução do romance de George Sand, e o acompanhamento da poesia dele; e sem poder suster o seu destino, beijou várias vezes o papel.

— Meu Deus! - exclamou Maurícia a modo de assustada. Peço-lhe perdão, mil perdões. Não cuidei que alentaria assim o fogo do seu coração. Deus é testemunha de que, escrevendo-lhe essas letras, a minha intenção foi outra. Julgava todo o seu afeto por mim extinto, inteiramente aniquilado; e tinha razão para pensar assim. Mas, se as minhas palavras foram sementes fatais que vieram viver entre as chamas como as salamandras, não me recuse o seu perdão, porque cometi esse crime sem intenção, antes pensando em praticar ação lícita e boa.

E tomando novamente o braço do bacharel, compeliu-o a andar. Pouco adiante, estavam parados os outros.

— Tenho uma coisa que lhe dizer, D. Maurícia, acudiu Sinhazinha, tanto que pode ser ouvida pela mãe de Virgínia.

E correu para ela, gentilmente. Ângelo, deixando então as duas amigas juntas, foi dar o braço a D. Matilde. Daí, voltaram. O que Sinhazinha queria dizer à Maurícia é fácil adivinhar. Ela soubera naquele momento da ausência da rival. D. Matilde, que votava grandes simpatias à filha de D. Sofia, revelara-lhe a sua satisfação por ver o filho livre do perigo. É fácil compreender o efeito de tal revelação no espírito, para assim dizermos, no coração da menina. Ela andava triste. Aquelas aventuras tinham-lhe dado muito fel a beber. Durante os dois meses que se seguiram à sua chegada do engenho o seu desgosto, o seu amargor íntimo tinha ido em aumento. Quando Maurícia chegou, mas pode conhecê-la, porque as carnes pareciam ter fugido do corpo dela e a palidez cobria-lhe o rosto. Era inda este o seu estado. A notícia dada por D. Matilde mudou subitamente as condições do seu espírito. Ordinariamente, tímida e modesta, Sinhazinha não guardou desta vez coerência com sua índole e seus hábitos. Tomando o braço de Maurícia, não a deixou mais senão em casa de Martins. Tornara-se outra. Estava alegre. Mais de uma vez aproximou-se de Ângelo e dirigiu-lhe a palavra; o bacharel notou esta diferença, porque nos encontros que tivera com a moça durante as duas noites últimas, vira-a apenas corresponder aos seus cumprimentos e, em vez de aproximar-se, não perder ocasião de se distanciar dele. O prazer de Sinhazinha, porém, durou pouco, porque dentro em breve ela teve a certeza de que Ângelo estava a todo momento a manifestar-lhe esquivança. As impressões de Sinhazinha foram a modo de comunicativas: Maurícia, à proporção que os dias se adiantavam, caía também em funda melancolia.

Uma vez, perguntou-lhe Eugênia:

— Que tem você, Maurícia? Todos notam que você anda descontente e preocupada. Parece-me que não há razão para semelhante tédio à vida.

Virgínia, que já tinha chegado, aproximou-se de Maurícia e disse-lhe.

— Ora, mamãe, deixe-se de tristeza. Vamos tocar, ou antes, venha cantar. Venha, mamãe.

Por satisfazer à filha, Maurícia pôs-se ao piano. Quando terminou a harmonia de Schubert, que era a sua predileta, estava banhada de lágrimas.

Interrogada sobre a causa do seu pranto, dissera que não podia ser outra senão a sua pouca sorte. Todos foram levados a achar a razão desse pranto no procedimento de Bezerra. Maurícia não disse sim, nem não, a semelhante respeito. Mas os eu coração e a sua consciência protestaram em silêncio contra o juízo geral.

# XVIII

O sino da capela deu sinal que ia entrar a festa. As novenas tinham terminado na véspera com grandes elogios às cantoras; mas o concurso de gente que elas haviam atraído não cessara, antes, na última noite, mostrava-se ainda maior. Muito de indústria, o juiz fizera correr fama que os versos seriam cantados pelas primeiras vozes do Recife e que entre estas se faria ouvir pela primeira vez a mais gentil das de que ali se poderiam jactar até então nas festas das igrejas. Alguns jornais publicaram esta notícia, e não foi preciso mais para que da rede de arrabaldes, que cerca a estrada, chegassem milhares de pessoas dentre as quais, se muitas eram arrastadas pela devoção, a maioria não tinha outro fim que o de divertir-se como é de costume.

A popularíssima festa de Nossa Senhora da Saúde que se celebra no Poço da Panela; a de Nossa Senhora dos Prazeres de Guararapes, que se celebra na freguesia do Cabo; a de Nossa Senhora do Monte, em Olinda, tiveram aquele ano digna êmula na da Conceiçãozinha da estrada João de Barros. Nunca festa de arraial foi mais brilhantemente concorrida.

E o espetáculo sob muitos aspectos importantes, pagava a curiosidade das visitas.

Sendo o boqueirão, por onde meses antes Ângelo passeara com Maurícia, o ponto do sítio que ficava mais perto da capela, mandou Martins decotar as árvores próximas e conduzir para ali cadeiras, a fim de que as senhoras pudessem, sem risco, ver desse recanto ameno o espetáculo festivo. As sete horas, via-se ali reunida a luzida sociedade, que privava com Martins; e ao lado das jovens elegantes, mostravam-se moços de talento e nomeada que ele tinha a fortuna de saber chamar à sua amizade por seus modos francos e obsequiosos. Dos frequentadores do sítio, só um faltava: era Ângelo. A ausência deste era sentida por todos, mas especialmente por Maurícia, posto que sua discrição não lhe permitisse revelá-lo. Durante toda a semana, Maurícia queixara-se de calafrios e rápidas pontas de febre. Dizia sentir dores pelo corpo e peito, mas a sua enfermidade era moral. Ângelo ausentara-se da casa de Martins desde a primeira noite de novena, aquela em que tivera de Maurícia o mais formal desengano e nisso estava a origem do mal dela. Que fizera durante este tempo? Não podendo vencer a contrariedade e o desgosto, achou um meio de sair desse penoso estado, e de vingar-se ao mesmo tempo da mãe de Virgínia fazendo que ela viesse a ter também o seu quinhão de sofrimento. Demais, ele estava triste e descontente da cidade que meses antes tomara por uma mansão celestial. Não podia ir ao teatro na ausência de Júlia; não podia frequentar Martins, depois do que se passara com a cunhada deste. Acudiu-lhe, então, o pensamento de deixar o Recife. Em consequência, procurou um amigo político de grande importância para o Presidente da Província, que prometeu nomeá-lo para um dos lugares de promotor que estavam vagos. Inteiramente absorto na promessa, Ângelo, enquanto ela se realizava, fugia da sociedade que costumava frequentar antes. No dia da festa, meteu-se em um dos carros da linha de ferro do Recife a Apicucos, e, chegando a este povoado, começou a matar o tempo andando de um lugar para outro, visitando antigos conhecidos, passando horas no hotel entregue à mais cruel monotonia.

Antes de começar a festa, havia ainda em alguns dos hóspedes de Martins a esperança de que Ângelo repararia a longa ausência durante toda a semana, comparecendo agora. Maurícia, posto que, mais competentemente do que ninguém, ajuizasse do despeito e contrariedade de Ângelo, não podia capacitar-se de que ele tivesse ânimo para fugir de assistir a sua despedida. Dentro em breve, porém, teve a prova do quanto se enganava; e, quando terminado o Te-Deum, sem que o jovem advogado houvesse ainda aparecido, a sua tristeza aumentou de intensidade e crueldade. Muitas lágrimas silenciosas recebeu em segredo o seu lenço perfumado, muitos suspiros ela os abafou cuidadosamente, a fim de que não fossem suscitar desconfianças que lhe seriam desairosas.

Concluída a cerimônia, não houve instâncias de Martins, não houve rogativas de Eugênia e Sinhazinha que dissuadissem Maurícia de seguir àquela mesma hora para o Caxangá. A todos os pedidos, respondeu dizendo que lhe estavam fazendo mal os ares da estrada, e que deveria ter pressa em fugir deles; os ares nunca tinham sido mais saudáveis; os aromas das flores dos cajueiros e das mangueiras saturavam a atmosfera de átomos balsâmicos e gratos. Não houve nada que a retivesse no sítio. Às onze horas, a porteira do engenho batia sobre a carruagem que entrara conduzindo Maurícia, Virgínia e Martins.

O afastamento de Ângelo e a tristeza de Maurícia lançaram no espírito de Sinhazinha grandes suspeitas, Aquela retirara-se sem lhe dizer uma só palavra sobre a sua prometida intervenção. Somente uma vez dizendo-lhe a filha de D. Sofia que lhe parecia não ter diminuído a indiferença do advogado, visto que nunca mais ele tornara ao sítio, ela lhe respondera:

— Não perca as esperanças. O tempo acabará tudo.

Parte destas suspeitas fora insuflada por D. Sofia, a quem a filha revelava todas as ocorrências que lhe diziam respeito.

— Tens tanta confiança em D. Maurícia, Sinhazinha, como se ela fosse tua mãe ou tua irmã. Se pensas que há de fazer mais por ti do que por ela, está enganada.

— Não diga isso, minha mãe. D. Maurícia tem muito boa alma.
— Tola! Não passas de uma tola! Eu tudo estou vendo e pelos domingos vou tirando os dias santos. Já observaste que o Dr. Ângelo só se senta ao pé dela, e que só com ela tira conversa?
— Quem é que não gosta de conversar com D. Maurícia, que é tão instruída e bem educada?
— Não seja simplória, minha filha. Eles aproximam-se um do outro porque alguma coisa existe entre eles dois. Que quer dizer D. Maurícia compor um acompanhamento para uma poesia do Dr. Ângelo, mandar-lhe traduções feitas por ela, conversar com ele horas inteiras? Não te iludas, Sinhazinha!

A menina começou atentar nestas traiçoeiras sagacidades do amor maternal e achou que havia fundamento. As suas suspeitas redobraram com a intensidade da moléstia espiritual de Maurícia, que lhe parecia ocasionada pelo amuo do bacharel.

Uma manhã, Martins, passando os olhos por uma das folhas diárias do Recife, teve grande surpresa. Acabara de ler a nomeação de Ângelo para o lugar de promotor de uma comarca do interior. Mas a surpresa não lhe foi inteiramente desagradável; e dando a notícia a Eugênia, acrescentou estas palavras:

— Já era tempo de procurar um emprego e entrar numa carreira séria e decente. está apodrecendo no Recife.

Igual, senão maior surpresa teve D. Matilde, quando o filho lhe indicou o seu despacho na folha, Por pouco ela não teve uma síncope. Não havia para ela sacrifício maior do que viver separada do filho.

— Que resolução foi esta, Ângelo? E por que não me ouviste antes, meu filho?
— Eu sabia que as suas lágrimas haviam de ter força para dissuadir-me de um pensamento, e um propósito que não pode, aliás, deixar de redundar em benefício de minha mãe e meus irmãos.

D. Matilde começou a chorar.

— Muito me há de custar a separação, minha mãe, mas a lei fatal da necessidade pode mais que as leis do coração. Tenha paciência. Preciso de meios para sustentar a família, e o escritório não os proporciona. Devo ir buscá-lo onde eles se me oferecem, ainda que seja distante daqui.

Dois dias depois, Ângelo seguiu para a comarca. Ia com ele imensa dor. A imagem de Maurícia, impressa no pensamento, não o deixava um instante, no meio das suas fundas cogitações; e ao lado dela, aparecia D. Matilde, chorosa e triste como no momento da despedida. Nunca as saudades tiveram tamanha força em seu coração. Também as longas e desertas solidões, que ele atravessava muito deveriam concorrer para semelhantes impressões.

— Talvez - dizia ele consigo - talvez que, tendo conhecimento deste meu passo, Maurícia ainda venha a retribuir o meu afeto. Mas quem sabe se eu não ando iludido? Maurícia pensará ainda em mim? Pense ou não, é ela o único objeto do meu afeto.

# O sacrifício

Maurícia pensava nele, e não podia esquecer-se dele. Quando Virgínia lhe disse que lera no jornal a nomeação de Ângelo, ela correu como louca para verificar com seus olhos esta fatal notícia. Sentiu todas as amarguras, todos os tormentos que sofrem de perto os namorados com tudo o que pode prolongar a ausência do objeto das suas afeições.

Estava ela ocupando de novo o antigo aposento, na casa-grande, para onde se mudara depois da fugida de Bezerra. Concentrou-se aí com a grande dor. Poucas vezes, descia à sala, onde costumava reunir-se com D. Carolina, Virgínia e outras senhoras. Deu em tocar e cantar músicas tristes. Perdia as noites em longas abstrações.

— Foi a fatalidade que pôs em minha alma esta paixão! - dizia algumas vezes. E as lágrimas deslizavam-se-lhe pelas faces.

Outras vezes, advertia:

— Se eu fosse livre, se eu pudesse dizer-lhe: "posso dar-lhe o meu amor, posso retribuir o seu afeto, podemos viver juntos até a morte" não haveria quem fosse mais ditosa do que eu!

Mas logo recaía em sua habitual melancolia. E então acrescentava:

— Ai de mim! Esta paixão leva-me à sepultura.

Maurícia tinha-se esquecido quase inteiramente de Sinhazinha. Também esta não lhe aparecera, nem escrevera mais. Quando alguma vez aquele se lembrava da promessa que fizera, acudia como defesa de si própria.

— Fiz por ela o que me foi possível; mas ele não esteve pelas minhas súplicas.

Uma tarde, Virgínia subiu banhada em lágrimas ao aposento de Maurícia. Esta foi ao seu encontro sobressaltada e aflita. A menina trazia na mão um jornal, onde vinha publicado, entre as notícias no Norte, a de ter sido assassinado Bezerra na Paraíba, num ajuntamento de povo, por ocasião de uma festa de arraial. Dera lugar ao homicídio a represália de Bezerra a uma provocação de um valentão afamado que bulira com Janoca. Não era duvidosa a notícia. O fato estava narrado pelo miúdo, e os nomes não deixavam a menor incerteza. No fim de um mês, a dor de Virgínia estava curada e para Maurícia começaram a raiar os alegres dias. Quando pela primeira vez depois da lúgubre notícia, elas pôs as mãos ao piano para tocar, foi uma música de escolhidas harmonias, que rebentou em notas animadas, daquele gigante cofre de suas predileções.

Estava neste momento presente uma senhora de sua amizade que lhe pediu cantasse. Maurícia cantou um dos mais belos pedaços do seu repertório. A felicidade voltara ao seu espírito; astro risonho começara a surgir acima do horizonte de seu coração, onde tinha reinado até então merencórias sombras. "Eu vos agradeço, meu Deus, a misericórdia que tivestes para mim", dizia ela consigo nos longos solilóquios a que costumava entregar-se no aposento. Mas a felicidade não devera ficar somente na liberdade. Ela possuía certamente, o amor que lhe consagrava Ângelo. O pensamento de ser venturosa com ele rebentou pujante. Fora contrariado por suas declarações, que ele tomara a resolução de exilar-se para o centro da província. Tudo, pois, a levava a acreditar no sentimento do bacharel a seu respeito. Por isso, não podendo mais resistir ao mais natural desejo de ser feliz, assentou de escrever-lhe para que voltasse ao Recife, onde poderiam realizar o seu sonho de tantos meses.

Estava já com a pena na mão, quando vieram dizer-lhe que duas senhoras queriam falar-lhe. Maurícia desceu. e qual não foi a sua surpresa deparando-se Sinhazinha e D. Sofia, que vinham dar-lhe condolências pela morte de Bezerra.

Sinhazinha estava pálida, e quase disforme. A dor moral fizera da sua juventude uma ruína. Abraçando-se com Maurícia, a menina não pode suster as lágrimas.

— Oh! a amizade na terra é uma ilusão! Não há amizade verdadeira. O que se apresenta com este nome não passa de vã cortesia que praticam pessoas de educação.

— Não é tanto assim, Sinhazinha.

D. Sofia deu força ao pensamento da filha, acrescentando algumas palavras acerbas.

Foi curta a visita. Ao sair, Sinhazinha, por palavras impregnadas de ressentimento, deu a entender que suspeitava o amor de Maurícia, e que esse amor era o inimigo do seu. Maurícia, sem saber a princípio o que responder, pode, enfim, defender-se, dizendo que Sinhazinha estava enganada; que ela já não era para isso; que só na prosperidade de Virgínia fazia consistir a sua, nem queria outra ainda que lhe fosse fácil alcançá-la.

Maurícia subiu ao seu aposento, levando inesperadas amarguras na alma. Tinha passado alguns dias nos braços de uma ilusão inefável; algumas manhãs haviam surgido cheias de luzes e visões feiticeiras aos seus olhos; algumas noites tinha levado em claro, enamorada dos castelos, que a esperança lhe levantara na imaginação. Mas tudo caía por terra. A presença da filha de D. Sofia, seu emagrecimento, sua tristeza, seu desânimo, suas queixas, suas lágrimas, tinham destruído, como se fossem vendavais, as flores que estas manhãs se mostraram toucadas, como as jovens de Anacreonte. Por uma singular generosidade de sua alma, Sinhazinha se lhe afigurou uma segunda filha. O sentimento maternal que lograra alcançar a felicidade para Virgínia, ela o sentiu despertar no coração para favorecer aquela desconsolada menina, cujas qualidades morais tinha na melhor conta. Doeu-lhe que fosse ela que concorresse de qualquer modo para destruir o futuro da meiga criatura e aos seus próprios olhos envergonhou-se de pensar em ser feliz à custa do amor dessa mulher que no mais apertado transe procurara a sua proteção. Pareceu-lhe que, se levasse por diante a resolução, nenhuma senhora de sua amizade, ninguém que a conhecesse teria para ela outro epíteto que o de pérfida! Esta ordem de ideias acovardou Maurícia. Há, ainda, posto que sejam raros, como era o dela, caracteres que rejeitam riqueza, brilho, prazeres da vida, se para a aquisição de tais bens se exigir que eles sujeitem a uma imputação menos digna, que seria o seu perpétuo tormento, a sua túnica de Nesso.

Quando as suas vistas caíram sobre o papel, que ainda estava aberto na mesa, ela sentiu que os olhos se lhe arrasavam de lágrimas. Se a visita de Sinhazinha se realizasse no dia seguinte, ou talvez algumas horas depois, a carta teria seguido já os eu destino, e ela lograria, talvez, o que sonhava; mas a fatalidade, que a perseguia de há muito nãos e esquecera dela ainda esta vez.

Maurícia sentou-se defronte do papel
— Que devo fazer? - perguntou a si mesma. Devo escrever, ou devo, ao contrário, renunciar para sempre a esperança de ter completa na terra a mais nobre ambição de minha alma?

Passou alguns momentos em aflitiva hesitações, muda, o olhar gelado sobre a página branca. Sinhazinha não lhe saía da pensamento.

Quando estava nesta perplexidade, Virgínia entrou e começou a falar--lhe sobre o depauperamento e a tristeza da amiga.

— Mamãe, sabe por que é que Sinhazinha está assim?
— Por que é? - interrogou Maurícia por demais.
— São saudades do Dr. Ângelo. Ela tem-lhe muito amor. Não se pode esquecer dele. Coitada de Sinhazinha!
— Tens pena de Sinhazinha, Virgínia?
— E por que não hei de ter? Mamãe bem sabe que eu gosto muito Sinhazinha; ela é uma das minhas melhores amigas. Se estivesse em minhas mãos dar-lhe o que mais deseja, eu não hesitaria um momento. Ela é tão boa, tão meiga, tão sincera.
— Acreditas na sua amizade?
— Acredito, sim. Quantas vezes ela me consolou nas minhas tristezas, antes do meu casamento, quando me parecia que ele não havia de realizar--se! Quantas vezes me disse, vendo-me chorar: "Não chore, Virgínia. Tenha confiança em Deus. O Sr. Paulo há de ser seu marido. Que tem que Iaiazinha tenha muitos contos de réis, seja prima do Sr. Paulo, e D. Carolina mostre desejo que eles se casem? Tudo isto não lhe há de fazer mal nenhum. Não desanime." Quem fazia isto comigo, quem me dava tanta coragem, quando eu sentia meu espírito abatido, quem queria do meu coração a minha felicidade não me deve merecer muito, muito?

Estas palavras foram agudos punhais desferidos contra o coração de Maurícia, que se sentiu depois disso ainda menos forte pata levar a efeito a sua resolução.

— Não escreverei - disse, levantando-se. Custar-me-á, talvez, a vida este passo, mas hei de ter forças para dá-lo.

Sem compreender o que dissera sua mãe, Virgínia olhou para ela atônita e confusa; e no seu rosto, por onde lhe corria em bagas o pranto, buscou em vão ler o natural sentido daquelas palavras.

— Meu Deus! - exclamou a menina ao cabo de um momento, em que lobrigava muito ao longe nuvem cheia de tempestades no horizonte, por ora sem fogos e sem vulcões destruidores, da vida de Maurícia. — A quem ia escrever, mamãe? Se minhas palavras concorreram para que a senhora mudasse de uma resolução que lhe era agradável, não se importe com elas. Faça o que for melhor.

Era tarde. Estava resolvido o sacrifício.

# XIX

Longe do Recife, numa vila de costumes primitivos, de vida quase rudimentar no alto sertão, o amor de Ângelo por Maurícia requintara. Dia e noite, o bacharel trazia na lembrança a bela imagem dessa mulher, umas vezes a modo assustada, outras mostrando rápidos ciúmes, outras indiferentes às suas exaltações. Maurícia de feito passara por todos estes estados espirituais, que se alternavam e sucediam ao sabor das circunstâncias ou dos acontecimentos de sua vida agitada por forças diferentes, contraditórias ou reciprocamente hostis. Qualquer que fosse, porém, a face dessa imagem que se reproduzisse no pensamento do jovem bacharel, tinha sempre ele para ela as mais distintas preferencias.

Nos primeiros tempos, Ângelo sentiu-se inteiramente arrependido do passo que dera; esteve ainda para pedir demissão, tamanho foi o seu descontentamento, e tão incompatíveis se lhe afiguraram com sua índole e educação costumes e sentimentos tão primários de mistura com sentimentos e costumes inocentes e singelos; mas, dominando os receios de desgostos e sobretudo, desanimado ante o pensamento de continuar a sofrer no Recife os tormentos silenciosos de sua paixão contrariada, logrou perder a ideia de voltar. Todo o seu espírito começou a revoar em torno dessa imagem imperecedoura, dessa ideal criação, que distante do original, se tornava cada vez mais espiritual, mais fantástica, mais poética, e por isso mais rica de atração pelos eu prestígio quase divino. Enfim, a ideia fixa de Ângelo era esta: que Bezerra havia de morrer primeiro que ele e Maurícia, e que, esta lhe pertenceria. Imagine-se, por isso, com que mostras de satisfação interior não leu ele no jornal a notícia da morte daquele infeliz homem. Quanto o amor é perverso!

Não leu uma vez só, releu muitas vezes a notícia de cuja veracidade ao princípio pareceu duvidar, mas em que acreditou, por último, visto que era irrecusável a evidência. Ocorreu-lhe, então, o pensamento de voltar ao Recife, procurar Maurícia e dizer-lhe: "Eis-me aqui, belo anjo. Cessaram todos os obstáculos que cavavam entre nós abismo intransponível." E a sua imaginação de poeta concluía este como cântico de ressurreição com um verso de Martins, que andava muito em voga e se repetia entre moças e rapazes no retiro literário da estrada:

"Sejamos, meu anjo, sejamos um só"

O primeiro correio que partira da vila, depois da chegada da notícia consoladora, trouxe a um amigo de Ângelo que o era também do presidente da província - o mesmo que obtivera a nomeação - um pedido de licença para vir tratar de sua saúde na capital. Por essa ocasião o bacharel escreveu também a D. Matilde e a Martins, mas nada lhe disse a respeito do passo que dera. O seu empenho em fazer surpresa a Maurícia era tamanho que ele recomendou àquele amigo toda a reserva. A licença não foi publicada.

Ângelo pôs-se a caminho, logo depois que recebeu o despacho oficial, e depois de longa jornada a cavalo, alcançou uma das últimas estações da estrada de ferro Recife a São Francisco. Chegou àquela cidade na mesma tarde. Entre o pedido de licença e a chegada, haviam decorrido cerca e três meses.

Quanto lhe custou o trajeto da estação das Cinco Pontas à estrada João de Barros! Tinha o coração em aflitiva e doce ansiedade. A carruagem não rodava, voava por ordem sua, o plaustro das ninfas antigas não era mais veloz. E ele tinha razão de querer vencer a distância com a rapidez do pensamento; estava quase alucinado. Havia perto de seis meses que não sabia notícia de Maurícia, que durante esse tempo tivera quase exclusivo domínio em suas ideias. Enfim, ao escurecer, o carro parou à porta do sítio de D. Rosalina. Ângelo, tendo na mão a bolsa de viagem, saltou, quando o carro ainda não estava parado, e transpôs correndo a soleira do portão. Arbustos, que ele deixara pequenos, estavam grandes. Madressilvas novas, resedás, jasmins-laranjas, que haviam sido plantados em sua ausência, formavam latadas sombrias e muitas espessas nas proximidades da porta da entrada. Os cajueiros ostentando os primeiros frutos daquele ano, recendiam aromas agradáveis.

— Reconheço os aromas do cajueiro - disse ele - entrando. Como são gratos os perfumes da casa paterna!

Uma afilhada de D. Matilde, por nome Joana, que ao pé de uma das janelas, se aproveitava das últimas claridades do dia para concluir a sua tarefa em uma almofada de renda, correu como louca pelo corredor a dentro, gritando:

— Dindinha, Dindinha, aqui está seu Ângelo!

Foi um reboliço, uma revolução, um deus-nos-acuda na casa de D. Rosalina. Por alguns momentos, pareceu que o mundo vinha abaixo. mas não estava longe do prazer o desgosto, da esperança o desespero para o infeliz homem de letras.

— Dá-me notícias de D. Maurícia, minha mãe? - perguntou Ângelo.

D. Matilde hesitou. Seu rosto, por onde discorria a aurora boreal de uma satisfação inesperada e inefável, seu rosto, que, sem falar, parecia dizer mil prazeres interiores, vestiu repentinamente a sombra do luto íntimo. A boca, que estava dizendo miríada de emoções, emudeceu.

A mudança súbita, que Ângelo notou imediatamente, aguçou a sua curiosidade, redobrou a sua angústia.

— Por que se cala, minha mãe? - inquiriu ele, mal disfarçando a contrariedade. Não me oculte nada. Li no jornal que o marido tinha morrido. Antes de tudo, diga-me se o jornal falou a verdade ou mentiu.

— Falou a verdade, Ângelo - respondeu D. Matilde. Assim não tivesse D. Maurícia...

— Não tivesse o quê, minha mãe?

—... morrido também, Ângelo!

— O quê? O que, minha mãe? - exclamou o bacharel.

— Meu Deus, meu Deus! - acudiu D. Matilde. Não te impressiones com a vontade de Deus, meu filho, por mais dolorosa que te pareça. Durante alguns momentos, Ângelo não pode dizer uma palavra sequer. Véu de profunda noite descera como mortalha negra sobre o seu espírito, onde alvejavam antes roupas de noivado querido. Pôs as mãos na cabeça e, cravados os cotovelos na mesa, que tinha diante de si, no quarto, entregou-se à acerba dor que o tomara no meio do mais intenso prazer que sonhara. Era a segunda vez que se lhe deparava na vida o espetáculo da morte de uma pessoa cara. As lágrimas em borbotões começaram a cair-lhe pelas faces e a formar uma poça cristalina, onde se refletia a luz já então acesa.

Vendo-o chorar, D. Matilde entrou a chorar, também. E por esta forma se trocaram sorrisos em lágrimas, doces comoções por aflições pungentes.

Horas depois, Ângelo deitado no sofazinho de vime do seu aposento, tendo a cabeça sobre as pernas de D. Matilde, ouviu desta a narração dos últimos dias de vida de Maurícia. O que a mãe contou ao filho pode resumir-se no seguinte:

Certa manhã, Maurícia sentira-se sem forças para levantar-se da cama. Passara a noite prostrada e febril. Nas faces, lívida cor substituíra as mimosas tintas esparzidas aí meses antes pelo pincel do artista insigne que se chama saúde, ou antes tranquilidade espiritual. O vigor, e com ele a vida fugiam espavoridos.

A doença trouxe grandes sustos à família. Em conversação com a mulher, Albuquerque, que já tinha notado dias atrás os progressos da decadência física dessa criatura robusta, que os sofrimentos mais cruéis nunca tinham podido vencer, e que, ao contrário, de todos triunfara.

Virgínia muitas vezes surpreendera a mãe chorando em silêncio. Empregara todo o esforço para saber a origem dessas lágrimas, que levavam dor mortal diretamente ao seu coração; mas nem de longe Maurícia dera a entender a verdadeira causa delas. Uma vez disse à filha, depois de fugir por muitos modos às suas indagações.

— Não te assustes com o meu pranto, Virgínia. Não és tu feliz? A tua felicidade não vai aumentar com o nascimento do primeiro fruto do teu amor? Deixa-me chorar em silêncio; choro sem causa; as minhas lágrimas provêm de uma melancolia que eu não compreendo e não posso explicar.

Naquele dia, Maurícia pedira Albuquerque que mandasse por os cavalos na carruagem; queria ir à estrada de João de Barros; tinha muitas saudades de Eugênia; queria vê-la. À noitinha a mãe e a filha entraram em casa de Martins.

— Venho vê-los - disse aquela, entrando; e creio que daqui não sairei mais, senão para o cemitério. Procuro uma região aprazível para exalar o meu último suspiro.

Martins e Eugênia, que não sabiam da doença da parenta, sentiram uma impressão dolorosa, vendo-a naquela abatimento geral, que indicava próximo acabamento, e ouvindo palavras que pareciam anunciá-lo já. Nessa mesma noite, Maurícia mandou dizer a Sinhazinha que a viesse ver, e ela não se fez esperar. Aquelas duas mulheres, que estavam padecendo do mesmo mal, abraçaram-se com ternura.

— Ainda está muito descrente, Sinhazinha? - perguntou-lhe Maurícia.
— Cada vez estou mais. A sinceridade fugiu do mundo.
— Você não tem razão para dizer isso. Deixe-se de descrença. Seu futuro está clareando. A tempestade cessará brevemente, e surgirá depois um dia risonho e esplêndido, que há de acompanhá-la por toda a vida sem nuvens e sem ventanias.
— Qual, D. Maurícia! A senhora diz-me estas coisas tão bonitas para consolar-me. Ninguém melhor do que a senhora sabe que as minhas ilusões murcharam e secaram.
— Para que metes pontas de remoques nas tuas palavras? Não me queira mal, Sinhazinha. Faço votos sinceros para que você logre o que mais deseja.

Aparecendo Eugênia e Virgínia, as duas senhoras mudaram de assunto.

Eugênia disse que o mal de Maurícia desapareceria com o leite tomado todas as manhãs ao pé da vaca, banhos frios, e passeios pela estrada. Virgínia aprovou este tratamento, e Sinhazinha prometeu fazer companhia a Maurícia. Esta, porém, mostrava-se no todo desanimada. Tinha por certo o seu aniquilamento. Estava resignada, e dizia que não havia de chegar ao fim do ano.

Uma tarde, Maurícia foi atacada de febre tão forte que dela não se levantou mais. Os médicos deram à moléstia fatal um nome acabado em ite: mas o que a levou à sepultura não foi senão o sacrifício que se impusera.

Três dias depois do ataque, a casa de Martins que durante tantos anos servira de estância de prazeres puros e alegres, oferecia um espetáculo altamente contristador. Ia emudecer a voz que fizera vibrar as harpas mais harmoniosas que ainda ressoavam na pitoresca estrada; iam tolher-se finos e gelados os dedos torneados e coloridos, que arrancaram das teclas mudas e frias as mais ardentes e apaixonadas inspirações dos grandes mestres da arte dos sons e das melodias; ia, enfim, morrer aquela beleza ainda fresca, ainda admirável, dando o grande exemplo de uma rara abnegação, depois dos maiores e mais eloquentes testemunhos de respeito ao dever conjugal. Mulheres, mirai-vos nesse espelho de aço puro! Maurícia existiu. Foi, como aqui se pinta, uma mulher que honrou seu sexo e a família brasileira.

Albuquerque e Paulo, que tinham vindo do engenho na véspera, ora se sentavam, ora passeavam pela sala comovidos mas silenciosos. Na alcova, D.

Eugênia, Sinhazinha, D. Carolina e D. Teodora, em pranto, rodeavam o leito da agonizante. D. Matilde, mais perto dela do que nenhuma outra, tinha quase sobre os joelhos a sua cabeça e pegava-lhe de uma das mãos. Virgínia, que não tivera coragem de arrostar a transição daquela que ia levar consigo parte de sua alma, soluçava inconsolável em um aposento vizinho.
— O Dr. Ângelo está tão distante daqui! - disse Maurícia. Mandem chamá-lo. Quero vê-lo antes de morrer.
— Ele vem aí - respondeu-lhe D. Matilde.
— Levo algumas saudades da vida - tornou a agonizante.
E depois disse:
— O meu sacrifício matou-me...
Foram estas as suas últimas palavras.
Depois da morte de Nunes Machado, não houve naquela estrada outro caso de morte que produzisse nos habitantes tão profunda impressão. Nem podia acontecer o contrário. Por vários anos, especialmente por ocasião das festas de São João, do Natal e da Conceição eles tinham visto passar de braço dado com alguma jovem das mais estimadas, ou algum cavalheiro de maior distinção, em grupos de famílias por baixo das árvores, colhendo flores, sorrindo feliz, gracejando e brincando, aquela senhora respeitável sem entono, esbelta sem afetação, formosa sem os esplendores da primeira juventude, sempre desejada, sempre querida e sempre digna do apreço e respeito dos que a conheciam.

No outro dia, a capelinha, onde fora depositado o cadáver parecia horto. Não houve rosas, perpétuas, saudades, murtas e alecrins em todos os sítios dos arredores, que não tivessem vindo adornar o penúltimo paço de tão preciosos restos mortais. Não houve matrona, ou moça, ainda que não pertencesse ao círculo de onde havia emigrado para nunca mais voltar aquela musa canora, apaixonada e honesta, que não mandasse levar à capelinha o seu ramalhete ou o seu açafate com flores - delicado tributo de estima, espontaneamente rendido em honra de quem deixava tão gentil memória na face da terra.

## Conclusão

Voltando do interior à capital de Pernambuco, o primeiro ponto para onde me encaminhei, depois de ter ido ao meu cabeleiro, foi o teatro. Havia cerca de oito meses que eu estava fora do Recife. A minha estada na remota povoação aonde me levara interesse particular, fora um longo e ininterrupto tédio. Cheguei ávido de distrações. Ora, a primeira que se me ofereceu foi um espetáculo anunciado para aquele dia. Esse espetáculo despertou logo em mim dobrada curiosidade: o drama, além de novo, era original de Ângelo.

No teatro, encontrei-me com Martins, que fora atraído pela mesma novidade que eu. Ângelo estava num camarote da segunda ordem. Notando eu a presença de duas senhoras que me pareceram estranhas à família do dramaturgo, Martins veio em socorro à minha lembrança:

— Não conheces mais Sinhazinha e a mãe?

— Ah! São elas?

— Ângelo está de casamento justo com Sinhazinha.

Nesse momento, o nosso amigo, que nos vira, fez sinal para que fôssemos ter com ele. Subimos, e do camarote assistimos aos seus triunfos literários.

Quase não conheço Sinhazinha. Estava muito menos delgada do que antes, corada, bonita e parecia ter perdido parte dos modos tímidos, melhor direi, do acanhamento que um ano atrás era a sua feição dominante. Ângelo mostrava-se satisfeito, para não dizer feliz. Enfim, notei entre as duas famílias uma como benevolência recíproca e íntima, que me deu a medida da harmonia a coroar o laço ajustado entre os dois jovens.

Lembrei-me de Maurícia ao sair do teatro, e falei nela a Martins.

— Vai fazer um ano que a acompanhei à sepultura. Teve uma vida bem penosa e crua. Descansou.

Comoveram-me estas palavras.

Entrei em casa, revolvendo no pensamento aquela profunda sentença que Herculano pôs nas elegias do Presbítero de Cartéia:

"Haverá paz no túmulo? Deus sabe o destino de cada homem. Para o que aí repousa, sei eu que há na terra o esquecimento!"

FIM